逢緣奇演

illustration
ちひろ綺華

2
volume two

命定之人是妻子的妹妹。

my destiny is the bride's little sister.

Kadokawa Fantastic Novel

CONTENTS

前世的模樣
「——我想成為你的妻子。」

前世的模樣
「把妳的他讓給我吧？」

命定之人是
妻子的妹妹。

my destiny is the bride's little sister.

2

volume
two

Kadokawa Fantastic Novels

第一話　修羅場不是一晚就會結束

「……你們……在做什麼？」

兔羽站在那裡，面色平靜地看著在接吻的我們。

「這、這是！」

我親吻的對象不是妻子兔羽，而是她的妹妹獅子乃妹妹。因為一九六〇年代跟穿女僕裝的獅子乃小姐相愛時——當時的感情支配了現在的我們，兔羽才會看到嘴脣相碰的我們。

「等我一下。」

她轉身離去。可是很快就回來，手裡握著一把大大的鐵鎚。

「殺、殺了大吾後，我也會去死。」

「等等等等等等等等等等等！」

兔羽直盯著我。

「妳聽我解釋！」

「別擔心，不會痛的……」

「真的嗎！妳要用鐵鎚揍我耶！」

「按ＺＲ＋Ｌ使出蓄力攻擊。按ＺＬ＋Ｘ使出鐵蟲絲招式……」

不行。這樣下去會遭到部位破壞。不對，是會死。

（得想辦法讓她聽我解釋才行！）

可是，要怎麼做才能和平解決這個問題？

「——不好意思。」

「咦？」

獅子乃妹妹站到兔羽背後。

「嘿咻。」

「嗷嗚。」

她用高速手刀攻擊兔羽的脖子，瞬間敲昏了兔羽。

「咦咦咦咦咦咦咦咦咦咦！」

用暴力壓制暴力，這場騷動藉由最不和平的解決方式落幕了。

「……姊姊做事莫名乾脆，我別無他法。」

獅子乃妹妹抱住眼冒金星、失去意識的兔羽。

「大吾先生，我們來套話吧。」

她神情鎮定，泰然自若。明明不久前還跟小孩子一樣哭哭啼啼，現在卻用與平常無異、清澈如冰的雙眼冷靜地凝視我。

「我和你什麼都沒做。純粹是姊姊作了奇怪的夢。」

「……我不認為兔羽會相信。」

「只要我們堅持這個說法，就會變成事實。她又沒證據。」

好可怕的國三生。

「實際上，我和你真的什麼都沒做呀。」

「……」

「對吧？」

我有點驚訝。我們剛剛還置身在那麼激昂的情感洪流中，這名少女卻一口否認那個事實。我實在沒辦法當作什麼事都沒發生過，不過——

「……嗯。是啊。」

什麼都沒做——只能這麼說了。因為我是有婦之夫，我愛著兔羽。儘管確實有一股衝動強烈地刺激我們，依舊萬萬不可被它蠱惑。

（難道獅子乃妹妹是為了我和兔羽……）

才搶先提議把這件事當作沒發生過嗎？若是如此，她真的好厲害。我滿腦子只想著自己的煩惱，根本沒心思顧及其他事情。

「我和你上輩子好像互有好感。」

「……是啊。」

我覺得那已經是無法改變的事實。在一九六〇年代——因藍色隕石而滅亡的地球，我愛上了她。比任何人都還要深愛著她。

「可是，那終究是過去的事情。」

「……」

「還是說大吾先生要拋棄姊姊選擇我？」

「我、我才不會做那種事。」

「呵呵。嗯，我想也是。我認識的『大吾少爺』肯定會這樣說。」

我們將兔羽送回房間。她依然處於昏迷狀態，頭上有好幾隻小雞在飛來飛去。不過這個人昏倒的樣子跟漫畫一樣耶。

「那就採用這個說法了，有問題嗎？」

獅子乃妹妹看著兔羽的睡臉輕聲低語。

「……這樣就行了嗎？」

「是的。我們之間有著神奇的緣分，僅此而已。前世跟現在的我們一點關係都沒有，我們的相處模式不會有任何改變。」

「……」

「大吾先生，你怎麼了？你該不會覺得我現在還對你有意思吧？」

「咦咦！啊，沒有啦。」

看我這麼慌張，獅子乃妹妹輕笑出聲。

「笨蛋，你太自戀了。」

有什麼辦法。老實說，我現在也還對她有好感。因為當時我是為了她而活著。我真心愛著她。

「男人就是那種生物嗎？」

獅子乃妹妹面不改色地歪過頭。的確，聽說女性比較不會對過去的戀愛有所留戀。有點寂寞——這樣想不行吧。

「姊姊就麻煩你照顧了，大吾先生。」

她笑了笑。帶著相信我的表情。我必須回應她的信任。

「知道了，我會努力。」

「呵呵。首先得安撫姊姊就是了。」

「……感覺會很累人。」

「沒辦法，誰教你要親別的女人。」

她說得對，我無法反駁。

「不過——」

她把手伸向我的手，停頓了一下後輕輕搖頭，把手收了回去。

「──我是你的家人。因為我是她的妹妹嘛。所以，你有煩惱、遇到麻煩的時候，記得馬上來找我。」

啊啊。這名少女真的是好厲害的人。她真的只是國中生嗎？遠比我成熟、理智、溫柔。深愛著她，也被她深深愛著的那段時期，令我感到非常驕傲。

「而且，我也是共犯。」

她遇到麻煩的時候，我應該也會不惜一切伸出援手。那是我的義務，以及強烈的欲望。我想給她幸福。絕對要。

「你要怎麼跟姊姊說？」

「據實以報。」

「你們絕對會吵架。搞不好還會更嚴重。」

「……我想至少對她誠實以待。雖然已經來不及了。」

「對呀。已經來不及了。」

獅子乃妹妹微微一笑。

「很像你會做的事。笨拙且思慮不周的傻瓜。」

■

——說什麼呢。

（我很努力。我很努力了。）

回到房間剩下我一個人時，我擺出勝利姿勢。

（勉強修正好路線了吧？）

我的作戰計畫是在身邊守望姊姊和大吾先生的戀情，在他心中占走無可取代的位置。然後等他們兩個分手，再慢慢攻略他。

所以，我原本並沒有打算做那種事——

（……我和他……接吻了。）

我在只鋪了一床棉被的空曠房間中，依依不捨地撫摸嘴唇。第一次跟男性接吻。我反覆回味，以免忘記那個觸感。因為肯定不會再有這種經驗了。這是……不該有的幸福。

「……大吾先生。」

我呼喚他的名字，同時撫摸嘴唇。想起他那蠻橫且熱情的吻，感覺到身體逐漸發熱。啊啊，不行。真的不行。無法維持冷靜。大腦變得一片空白，下半身陣陣酥麻，擾亂思緒。好像要做出失常的行為了。

（大吾先生的命定之人——是我。）

我們上輩子兩情相悅。不僅如此。

（那個……吻的觸感——）

只不過是嘴脣碰到一下，那強烈的震撼就讓人覺得腦漿被攪成一團，電擊劈啪劈啪地竄過全身。雖然我是第一次接吻，那大概並不尋常。

「……絕對要搶過來。」

我想起以前有一首歌的歌詞寫著「戀愛是戰爭」。那麼戰爭是什麼呢？不擬定策略，單憑勇氣和愛戰鬥才不叫戰爭。最大限度地善用手中的資源，仔細觀察對手的優點和缺點，將絕對會贏的戰力投入在絕對會贏的地方。既然戀愛是戰爭，少女就應該是冷靜的指揮官，而非一兵一卒。

（不過，這個狀況是個好機會。）

姊姊和大吾先生之後八成會吵架。又或者討論什麼事——例如談和好吧？足夠讓我乘隙而入。

（不能急。）

其實我很想立刻去大吾先生的房間，繼續在頂樓的那個吻。如果能再讓他擁入懷中，得到溫柔體貼的吻……到時不只接吻，更進一步的事情也——

「煩、煩惱退散！」

我拍打臉頰。冷靜點，千子獅子乃！要理性行動。

（我的目的不是跟他談少女漫畫般的戀愛。）

那是什麼？我戰勝的條件到底該如何設定呢？

我——只思考片刻。瞬間為自身的膚淺感到頭痛，同時下定決心。

（……生小孩。養小孩。把孩子養大到能夠獨立。等到我和他變成老奶奶和老爺爺……我想為他送終後再離世。）

我稍微覺得，如果能達成那個目標，要我當個冷靜的指揮官也沒什麼大不了。

■

「豪豪豪豪豪豪豪豪豪豪豪冷……」

我坐在位於中華街山下町公園的長椅上瑟瑟發抖。十一月的橫濱很冷，深夜的中華街只有小貓兩三隻，城市鮮豔的色彩被夜色覆蓋。

「……大吾，我來了。呃，你的臉色還真差耶。」

晃著雙馬尾的嬌小女性——顏熙涵從黑暗中出現。她還是老樣子，睡眼惺忪地看著我。

——在那之後，昏倒的兔羽醒了過來，氣呼呼地把我趕出家門。我穿著輕薄的居家服，連錢包都沒帶，只帶著智慧型手機就出來了，於是朝這位女性好友求救。每個人果然都該有一位好朋友。

「我很想問發生什麼事，可是……」

「豪豪豪豪豪豪豪豪冷……」

「在你凍死之前，先找家店進去吧。」

不久前我們會直接去薩莉亞，可是薩莉亞現在深夜時段不開了。這是個明智的抉擇。取而代之我們來到橫濱體育館附近的希臘酒吧。

「居然親國三生，你越界了喔。」

熙涵跟希臘人老闆點了利口酒和幾道菜。我肚子不餓，不過她似乎直到深夜都在工作，打算大吃一頓的樣子。

「然後你就老實跟妻子全招了？被趕出家門，馬上就面臨婚姻危機？」

「簡單地說，就是這樣……」

熙涵發出粗俗的笑聲。她用餐具戳著地中海料理，同時愉悅地接著說：

「我就知道！我說大吾，像你這種人啊，想要一般的幸福或婚姻，從根本上來說就不可能。到頭來注定會毀滅一切，那就是你的命運。永遠得不到幸福，總有一天會淒慘地死在路邊！度過無趣的人生！」

「妳……講得真過分。」

「放心吧。我也是。我們是一丘之貉。」

無法成為正常人，終將毀滅一切。顏熙涵這名女性，一言以蔽之就是如此。活在當下又具有破壞性，我想沒幾個人比她更不適合穩定、平凡之類的詞彙。

「……那妳還建議我去找新對象。」

「一定要的啊。因為我最喜歡看你落魄的模樣。」

「咦？這傢伙笑屁啊？她的奸笑能不能染上絕望的色彩呢？」

「Schadenfreude——『幸災樂禍』的德文。如果是認識的人，這場蹩腳戲就更有趣了。喜劇不就是越慘越好看嗎？」

我的摯友性格依然扭曲……

「順便問一下，為什麼要跟兔羽全招了？獅子乃妹妹不是叫你跟她套話嗎？想個辦法糊弄過去不就行了？」

——在那之後，我向清醒過來的兔羽坦承了一切。前世的記憶、我們的關係，以及我親吻獅子乃妹妹的理由。她冷靜聽完後，握緊大鐵鎚說「你走開。因為我現在並不冷靜」，我便逃出房間。

「……我想誠實面對妻子。」

「哈！無聊的偽善者！所以你會每次都跟妻子報告你在她不在家的時候自慰嘍？我邊聽在DLsite上買的ＮＴＲ系音聲作品邊用前列腺按摩器高潮了——有人會想知道這種事嗎？跟妻子報告這個，她也只會感到困擾。」

「我懂妳想表達的意思，可是那異常具體的例子是哪裡來的？」

「咦？沒啊。就昨天晚上的我。」

「…………………」

呃，我該作何反應？好困擾。原來是妳的親身經歷啊。不想知道。真的不想知道。

「怎麼樣？很困擾吧～」

平常完全沒有女人味的女性朋友的自慰報告，實在不想聽。

「所以呢？我還不知道你為什麼對獅子乃妹妹出手。你是無法忍耐不碰小女生的臭蘿莉控，我也是現在才知道，可是你的優點就只有異常的忍耐力不是嗎？」

「……說來奇怪。」

我向熙涵全盤托出。一九六〇年代的夢。我和獅子乃妹妹上輩子是一對。她跟我在同一時間夢見同樣的夢。我們不受控制地被對方吸引。

「哦～」

出人意料的是，本以為會被嘲笑，熙涵卻正經八百地吁出一口氣。

「不知不覺演變成這麼奇怪的情況了啊。」

「妳願意相信嗎？」

「畢竟我們認識這麼久嘛。你沒有有病到會在這種時候扯那種無意義的謊吧？除了忍耐力，憨直也是你的優點之一。」

熙涵拿出好彩香菸，熟練地點燃。

「前世啊……嗯，我們來提出幾個假設看看吧。」

「比如說……？」

「第一個，催眠。」

「催眠怎麼可能。」

「喂喂喂，別聽到催眠就這樣瞧不起它。」

顏熙涵喝了口酒，又抽了口菸，讓兩者於口中混合。

「你聽過舞蹈狂熱現象嗎？」

「……那是什麼？」

「又稱為舞蹈瘟疫。從七世紀左右到十八世紀，主要發生於歐洲的一種集體歇斯底里。例如法國的聖特拉斯堡好像就曾經發生過村民集體開始跳舞，無法停止，人數越來越多，最後力竭而亡的事件。」

「……什麼鬼，好恐怖。咦？是真實事件嗎？」

「沒錯。」

跟發生在日本的「這樣很好啊」事件很像吧——她接著說。

「人類的大腦沒你想得那麼可靠。因為某些外部要因造成的刺激產生誤會，以為那才是真相，失去正常的判斷力。」

「……話雖如此，催眠也沒什麼大不了的吧？」

「英國的心理魔術師達倫．布朗，似乎就憑靠暗示讓別人殺過人。」

「什麼！」

「不是真的殺人啦。可是他成功讓被施術者產生殺意，並且採取行動。Netflix上有達倫．布朗的《逼迫》，去看一遍吧？不過那個比起催眠，更接近同儕壓力就是了。」

「可是，我和獅子乃妹妹的夢一模一樣耶？那也是催眠嗎？」

「共享夢境並不罕見。波士頓大學的神經學教授帕特里克．麥克納馬拉就介紹過許多『共同夢』的案例。特別是關係親密的兩個人，好像更容易夢見同樣的夢。除此之外，聽說MIT也在製作用催眠術控制夢境的裝置……」

「又不是科幻小說！」

「科學進步得比你的想像力還要迅速喔。現在都二十一世紀了喲？雖然貓型機器人還得花一些時間，車子都會在天上飛了——暫且不論成本。」

總而言之——她低聲說。

「獅子乃妹妹和你因為某種外部要因（催眠、暗示）夢見同樣的夢，以為對方是自己的命定之人，這也是合理的假設之一吧？」

經她這麼一說，變得一點都不羅曼蒂克，或者說毫無詩意了。不愧是諷刺家顏熙涵，跟心懷夢想的少女截然不同。

「然後下一個……是平行世界說吧。」

「平行世界？這我也知道。」

「一九六〇年代的另一個世界是平行世界，你們共同擁有，或者說繼承了那個世界的那個記憶。」

「……不是前世嗎？」

「不。就我聽來，一九六〇年代的世界，文明遠比我們現在的世界更進步吧？至少不會跟我們的世界是同一個。」

「嗯……是這樣沒錯。」

我基於直覺稱之為「前世」，可是仔細一想，這樣講也挺奇怪的。一九六〇年代的世界，文明等級遠高於我們的世界。也就是說，那裡反而是未來的世界。

「集團催眠、平行世界的影響，或者是……輪迴轉世也可以。總之，理由要多少有多少。雖然終究只是無聊的胡言亂語。」

「妳真習慣這種話題耶。」

「對啊。誰教我最近一直在幫超自然系雜誌寫稿。」

熙涵的工作是寫手。暴力團的報導、風俗店的糾紛，以及超自然系文章，什麼委託都接的好用寫手。雖然文筆馬馬虎虎，筆速卻快得驚人。

「老實說，我是抱持懷疑態度的神祕現象狂熱者。其實我覺得前世設定扯到不行，世上的案例絕大多數都是胡謅的。」

「喂喂喂，妳的態度怎麼突然一百八十度大轉變。」

「如果對象不是你，我會一笑置之。又不是戰爭症候群（八〇年代的次文化現象。雜誌的讀者投稿專欄全都在尋找前世的戰友，或者募集一起阻止世界末日的轉生者）！」

呃，我哪知道。我是九〇年代出生的。話說熙涵不也是嗎？這傢伙怎麼知道那麼久以前的事情啊？我懂了，純粹是她很宅。

「瞎扯了那麼多，我想表達的是──」

「嗯。」

「不管你講的話有多荒謬，我都會用無聊的胡言亂語幫你拗出一個合理的說法相信你，所以這種事給我早點找好朋友商量啦。」

「……」

「你啊，太習慣獨自承擔煩惱了。又不是輕小說的主角。」

「……妳該不會在安慰我吧？」

「是啊。不過也有點不爽。那麼有趣的事，為什麼不跟我說？」

「因為很幼稚對吧？」

「啥？我們什麼時候變成大人了？」

顏熙涵大笑著吐出煙霧。她講話尖酸刻薄，性格也差勁透頂，扭曲到了極點。然而正因如此，我們才能成為朋友。

「……謝啦。」

我咕噥道，熙涵露出看到翻過來的蟲子一般的眼神板起臉孔。

「噁心。」

「感謝妳，我的摯友！我們的友情永遠不滅！」

「閉嘴。」

「友情的力量無限大！只要我們在一起，一加一可以是兩百甚至兩千！」

「去死。」

基本上她討厭跟人稱兄道弟，所以聽不習慣這種熱血的友情宣言。看到她擺著一張臭臉，卻害羞地臉頰泛紅，我笑了出來。

「那麼我的摯友，給我一點建議！我該怎麼跟兔羽道歉！」

「餵她吃消除記憶的藥不就得了？」

「……一大早就下跪不曉得行不行。」

「難說喔。表現得太卑微，人家說不定會嫌你煩吧？」

至少我確實背叛了她、傷害了她，我必須多少補償她一些。可是，到底該怎麼做呢？

「……還有，熙涵，關於妳剛才說的……」

「怎樣？」

「前列腺按摩器不是用來刺激男性前列腺的玩具嗎？女性要怎麼用啊？」

顏熙涵嗤之以鼻。

「你真的什麼都不懂耶。」

「啥！」

今晚朋友讓我稍微得到救贖了。

■

我的名字叫做千子兔羽。是千子家的正式繼承人，超有錢的千金小姐。優點是長得好看。遇事習慣逃避。不會處理問題。身為人類的能力是最差等級。廢物中的廢物。

（遇到這種事，我怎麼可能知道該怎麼辦啦。）

目前，雖然高中就跟喜歡的大哥哥結婚很好，我的親妹妹前世好像跟他是戀人，被命運連繫在一起。

「大家早——♪」

我神采奕奕地打開教室的門。曠課仔跟嗑藥一樣興奮登場，導致教室裡的人瞬間愣住。

可是我完全不會在意這種事（因為跟我又沒關係），便無視其他人快步走到朋友身邊。

「咦，阿兔，妳怎麼了？一大早心情就這麼好。」

「美美～～！妳聽我說！我最近結婚了，可是我丈夫昨晚跟我妹接吻了！」

班上頓時變得鴉雀無聲。曠課仔某一天精力十足地來上學，不但已經結婚，丈夫還快被國中的妹妹搶走。人類這種社會性動物聽了，不可能有辦法故作鎮定。

「妳的人生還是老樣子亂七八糟耶，阿兔。」

「我想！跟妳！吐苦水！」

「嗯——我承受得住妳的怪談嗎？」

總而言之，上完早上的課後，我在下課時間稍微被老師叫過去討論學分的問題（不交一堆報告好像就會留級），到了午休時間，和美美一起到頂樓吃飯。

「唔喔～好冷、好冷。」

擁有健康小麥肌的她，晃著柔順的褐髮拿出毯子取暖。我則裝好露營用的攜帶式瓦斯爐，開始加熱作為午餐的關東煮罐頭。

「美美，我跟妳說。」

「妳為什麼會帶著關東煮罐頭……連瓦斯爐都有……算了，一有事就吐槽這女人，只是浪費時間。」

我將至今發生的各種事情告訴她。仍未消化完畢的「丈夫和妹妹前世就是命定之人」這部分也巧妙地避而不談。

「我很想叫妳放棄那種渣男，可是——」

「可是？」

「我也喜歡壞男人。我只看得見妳被榨乾的未來。」

「咦咦！妳怎麼這麼靠不住！」

這孩子的確是重度外貌協會。偶像也好，藝人也罷，她喜歡的人大多都是會傳出醜聞的帥氣肉食男。

話說回來——

「『也』是什麼意思啊？我對那種壞男人完全沒有半點興趣。我喜歡的反而是溫柔善良的人。」

「咦——？不覺得很無趣嗎？」

「不會呀，被喜歡的人溫柔對待……很刺激。」

「啊，我的理智線要斷了。」

「呵嘿嘿。」

稍微曬了一下恩愛。不對，現在不是曬恩愛的時候！

「一般來說，會花心的男人就別要了。至於我個人的喜好，讓花心男變得除了我以外再也看不上其他人最爽快。」

「妳等級太高了啦。」

她得意地笑了笑。她還是長得跟模特兒一樣漂亮，身材又高挑，那信心十足的臺詞非常適合她。光看外表的話，我也完全有資格在偶像團體之中站主位，可是那種臺詞我實在說不出口。

「不過，問題在於——」

美美撥弄金髮，看起來有點難以啟齒。

「妳丈夫自不用說，妳妹的問題更大吧？」

「……唔。」

「正常人會對姊夫出手嗎？」

「……對啊？」

「妳那是什麼表情？」

我有點支吾其詞。我對獅獅的感情過於複雜，我不認為其他人有辦法理解。我煩惱了一下該如何解釋，緩緩開口：

「我……不太氣獅獅。」

當小三？要說的話的確不太好。

（可是如果大吾說的前世是真的，我才是橫刀奪愛的那一方。）

更重要的是——

「我很愛獅獅。」

「啊——妳們兩個是唯一的家人對吧？」

「是沒錯。不過不只是因為這樣。我是個妹控，最喜歡妹妹了。比任何人都還要喜歡。而且啊～而且──那孩子也一樣。」

「哦～」

「我也是獅獅世上最喜歡的人。我們都最喜歡對方了。所以，該怎麼說……啊，真的好難解釋。」

「就算會被她殺掉，我大概也會笑著死去。」

「……」

「她大概也一樣。就算被我殺掉，也會覺得無可奈何吧。」

我明白這種感情不正常。可是，我和獅獅確實都有這種感覺。正因如此，這次她被大吾吻，我也不怎麼氣她。

「什麼鬼。好恐怖。」

「對啊。」

「所以是怎樣？丈夫被妹妹搶走也沒辦法？」

「不，這我不能接受。因為大吾是我的。」

……我說不出口這種話。

「這樣的妹妹也很可愛喔。」

「好恐怖好恐怖好恐怖。什麼東西啊我完全無法理解。」

「是這樣嗎？唉喲，我孫子武丸老師寫的《殺戮之病》這本小說裡面，就出現了親生兒子殺了人，還是一直包庇他的母親呀？簡單地說就是那樣。」

「……會不會說得太簡單了？」

我和獅獅正好相反。就像鏡中的倒影一樣。可是，唯有這一點應該相同才對。

「所以——？妳想怎麼做——？斬斷丈夫嗎？」

「認真的嗎？可是屍體要怎麼處理？」

「我叫妳斬斷的是這段關係，不是他本人。我幹嘛叫妳殺人啦。別小看現代社會，我可是從小學開始就透過文部科學省規定的道德課程，學習正確的道德觀。」

哎喲，我只是開玩笑的——我笑著打馬虎眼，沒告訴她昨晚我立刻就衝去拿大鐵鎚。不然會嚇到她。

「大吾他……該怎麼說……該怎麼說……………唉。」

「哇，妳對他超有留戀。」

「……也不是留戀。」

「結果妳還是喜歡他耶。」

講白了點就是這樣。即使他是跟我妹妹接吻的花心男，即使考慮到這一點，想到與他共度的時間，以及未來能夠與他共度的時間，就覺得實在「斬斷」不了。好不甘心。

「啊——唔——不知道。我該怎麼辦好啊……」

「總之，先跟他談談吧？」

「這是我最不擅長的科目！」

「啊……因為妳馬上就會壞掉嘛。」

「不要把我講得跟百元商店的玩具一樣！」

我確實很容易衝動行事。容易拋棄理智，只遵循本能行動。然後發生意外，順利死亡。畢竟我一直過著這樣的人生嘛。嗚嗚。

『——千子兔羽同學。』

突然被叫到名字，害我嚇了一跳。

「咦？」

「嗯？是校內廣播耶。」

帶有回音的聲音傳遍校內。屋頂上沒有擴音器，八成是從樓下開著窗戶的教室傳到這裡來的。

『千子兔羽同學，有妳的訪客。請立刻到校門前。』

到底怎麼了？我一頭霧水。而且要去的地方還不是教職員辦公室，而是校門前？我對那位訪客的身分毫無頭緒，從頂樓俯視校門。

「呃。」

一輛黑色轎車停在校門前。駕駛是我認識，留著灰色鬍鬚並身穿瀟灑西裝的老爺爺。然後站在車門前的則是——

「……姑、姑婆。」

我最不擅長應付的人。千子家實質上的頭頭，超級女強人。不僅如此，她旁邊站著一名高大的男子。他是個梳著油頭，相貌端正的人。

記得他是……？

「——工藤刃先生？」

我的前未婚夫工藤刃。雖然正確地說，還不能叫他「前」未婚夫。

■

早上十點左右，我回到上海莊。這個時間兔羽應該也起床了，可以跟她談談……我如此心想，她卻不在房間。我還考慮到她搞不好會把行李帶走，只留下一間空房的可能性，因此看到她的包包還留在房間，我稍微放下心。

「……她跑哪裡去了？」

去找朋友嗎？我先傳簡訊告訴她想要跟她談談，然後沖了個澡，好讓因為睡眠不足及混亂而亂成一團的大腦清醒過來。本來想小睡片刻，我卻異常清醒，根本睡不著。

「……總之先來工作好了。」

不該因為我急著找她談就催促兔羽。現在應該沒有什麼我能做的。我跟平常一樣，開始打掃公寓。

「呼哇～啊，大吾，早安～」

從老舊公寓房間走出來的金髮少女，散發跟這裡顯得格格不入的華麗氣質。宛如寶石的藍眼讓她看起來像個公主，服裝卻是角色扮演風的旗袍，形成衝突的風格帶來一股廉價感。

她是我的朋友兼上海莊的房客——琳格特．曉．霍恩海姆。

「早安。怎麼回事？今天起得還真早耶。」

她基本上從早到晚都在工作，因此早上很難看到她。

「我整晚沒睡。昨晚我們抽……大……不對……紅茶。對。比賽喝紅茶喝到天亮。沒錯。啊～英國是紅茶之國，紅茶最棒了～」

「我不會深究的。」

「英國是福爾摩斯之國。」

「就說我不會深究了吧？」

我可不知道夏洛克．福爾摩斯的嗜好是什麼。

「昨天發生什麼事了？兔羽在深夜跑來跟我借大鐵鎚耶。」

「原來那是妳的東西嗎！」

琳格特哈哈大笑。

「哎呀～還以為你會被殺掉。能活著見面真是太好了呢～」

「那就別借她啊。」

「當時紅茶的效果剛好發作了嘛。」

「是紅茶吧！是紅茶對吧！」

不行，再跟這傢伙聊下去太危險了。

「啊，兩位。」

或許是聽見吵鬧的交談聲，獅子乃妹妹從房間走了出來。她的頭髮和衣服都整整齊齊。

「大吾先生，大危機。姊姊被擄走了。」

「……咦？」

「……被帶到哪裡了？」

「聽說她被抓進了工藤刃先生的車子裡。」

「千子家在逗子市的別墅。」

擄走？什麼意思？獅子乃妹妹將別墅的所在地告訴我。我用智慧型手機調查位置，二話不說飛奔而出。

「我去一趟！」

我什麼都沒想。沒時間去想。

「等等……大吾先生，不要急……」

「哇！」

我腳底一滑，從樓梯上摔下去。

「……你的腳還沒好，小心點。不過現在講也來不及了。」

我在傻眼的琳格特和獅子乃妹妹的目送下衝出公寓。

■

——我和琳格特小姐看著大吾先生急忙跑出家門，面面相覷輕笑出聲。

「呵呵。那個人總是很拚命，看著真有趣。」

「冷汗直流，臉色蒼白。雖然這樣對他不太好意思，我不小心笑出來了。」

聽見姊姊被人擄走，大吾先生立刻衝出公寓，如同一名騎士要去拯救身陷危機的公主。

不過我有點羨慕就是了。

「所以？有幾成是真的？」

「什麼意思？」

「因為工藤先生是在社會上有一定地位的律師吧？不可能在光天化日之下綁架人。再說目的地是千子家的別墅，不就是妳們的老家嗎？」

「我沒騙人呀。」

（姊姊真的遇到了危機。）

因為她超怕姑婆，與工藤先生無關。被帶到別墅也是事實。因為那個人丟下一堆事不處理逃走了，該做的事情堆積如山。她大概正在被好好教訓吧。

（希望大吾先生一切順利。）

他們得和好才行。因為就算他們在這種時候分手，我也不覺得我和大吾先生會真的在一起。反而只會覺得尷尬，導致這段關係自然消滅。

慢慢拉近距離，冷靜不要急。最後贏的人會是我。唯有這一點是確定的。

「獅子乃妹妹，工藤先生是什麼樣的人？」

「是個好人喔。會自掏腰包捐錢給醫院，支援孤兒院。」

「哇～那麼棒的人嗎！咦？遠比大吾優秀。」

我差點忍不住反駁，努力閉上嘴巴。

「不過，那樣的人為什麼會是兔羽小姐的未婚夫？他感覺應該有其他對象呀。」

「那是因為——」

該怎麼說呢？畢竟是外人，應該要注意用詞。不過，解釋起來稍微有點困難。我稍微想了一下，決定不關我的事，隨便用一句話說明。這種對別人不太有興趣的部分，或許是我的壞習慣。

「——他是個有病的變態。」

「獅子乃妹妹，妳講得太直接了。」

■

逗子市的桑折山庭園住宅區，是神奈川縣內首屈一指的高級住宅區。

「……唔喔——好壯觀。」

我——御堂大吾走下公車，跟鄉巴佬一樣東張西望。遠離市中心的這個地方，看得見廣闊的藍天與廣闊的大海。湘南的空氣清新宜人，跟中華街那種滿是資訊量的繁華市街截然不同，就連時間的流動速度彷彿都變慢了。

「我看看，千子家離這裡……」

這一帶很明顯都是自己開車居多，有著自己的駕車習慣。離公車站也有一段距離的樣子。我憑藉獅子乃妹妹告訴我的位置資料，前往千子家。從這邊走過去似乎要十分鐘。

（用跑的差不多兩分鐘吧？）

沒時間用走的了。我穿著破破爛爛的運動鞋拔足狂奔。

「啊……您就是御堂——」

突然，我聽見有人呼喚我。而且那個人疑似穿著輕飄飄的女僕裝。不，不可能。大白天的逗子市，怎麼可能有女僕在路上走。這裡又不是秋葉原或日本橋。

（兔羽，等我……！）

我更加用力地踩在地上，開始奔跑。

「喵啊！等等……！」

儘管一瞬間聽見了聲音，我的妻子正面臨危機，我沒空停下腳步。

「唔喔喔喔喔喔喔喔喔喔喔喔喔喔喔喔！」

我在逗子市的高級住宅區全速狂奔。帶著毛茸茸大型犬散步的貴婦愣了愣，我毫不在意地繼續大步奔跑。

「呼……呼……等……大……先……！」

後面好像有人在追我，不過那肯定是錯覺。

「……～吾！……～吾！」

背後好像有人在大喊，不過那肯定也是錯覺。

我在逗子市的街上狂奔數十分鐘，卻沒有抵達千子家。

「這裡是哪裡？」

我看著海面起起伏伏的湘南大海調整呼吸，不知道什麼時候跑到了這種地方。千子家應該在深山才對。

「……呼……呼……大、大吾先生……」

「咦？」

「呼——呼——呼——呼——唔唔唔唔唔……唔唔唔唔……嘔噁。」

氣若游絲的女僕滿身是汗，氣喘吁吁地乾嘔。

「您……您就是……御堂大吾先生，對不對？獅子乃小姐……吩咐我……嘔噁噁噁噁！

呼——……呼——……」

「妳、妳先喘口氣。要不要坐這裡？」

「讓您操心了……呼——呼——……唔……好、好想吐。」

「我去買點飲料給妳喝～～！」

「呼——活過來了——♡」

「……不好意思，我完全沒發現妳在後面追著我。」

不會、不會——她將細長的眼睛瞇得更細，露出沉穩的笑容說。

「重新自我介紹一遍，我是服侍千子家的費婉．雷耶斯．弗羅勒斯。獅子乃小姐和兔羽小姐受您照顧了。」

「啊。我、我才是一直受到她們的照顧……」

擁有漂亮的淡褐色肌膚的女性瀟灑地對我鞠躬。我也跟著有樣學樣。

「妳的日文講得真好。」

我不小心說出日本人會反射性對外國人說的常見臺詞第一名。費小姐沒有不高興，笑臉迎人。

「謝謝稱讚。我已經在日本待二十年了。」

「啊，這樣啊……不對，咦？二十年？」

費小姐表面看來年紀跟我差不多。在日本待了二十年，那麼她今年到底幾歲了？

「我今年三十七歲。」

啊，她跟我說了。話雖如此，完全看不出來她三十七歲了。是因為她的肌膚水嫩，又有點娃娃臉嗎？真想不到比我大十歲。

「費小姐是千子家的……女僕，對吧？」

「是的。原本是奶媽就是了。」

「奶媽。」

「獅子乃小姐和兔羽小姐都是由我帶大的。」

這麼說來，我曾經聽兔羽小姐說過，她母親在她小時候就去世了，是奶媽跟真正的母親一樣把她養大。

「我的名字叫做御堂大吾。我跟兔羽結婚了……對不起，沒有先到府上打聲招呼。」

「不會、不會。你就是大吾先生呀？」

費小姐眯起眼睛盯著我的身體。

「呵呵。居然長這麼大了♡」

「咦……？」

她露出意味深長的笑容。儘管我非常好奇，現在沒什麼時間可以花在這上面。

「那個，不好意思，我要去找兔羽——」

「我知道。往千子家的路有點難走，沒人帶路的話有點難找到。那麼大吾先生，我們一起走吧。」

費小姐溫柔地笑著，我跟在她後面邁步而出。

千子家的別墅蓋在能俯瞰大海的小丘上。

「呼……呼……上坡和樓梯太多了……用走的很累……」

「不好意思，害妳這麼累。」

「不會……我要迎接的可是兔羽小姐的丈夫，這不算什麼。」

她的雙手於胸前併攏，表示自己很有精神。這個動作很少女，可是被汗水浸溼的襯衫貼在豐滿的胸部上，導致淡色胸罩的顏色透了出來。我急忙移開視線。

「哇……好大。」

看到眼前的千子家，我忍不住讚嘆。眼角餘光瞥見費小姐的臉頰微微泛紅迅速遮住胸部，肯定是錯覺。

「真的是豪宅耶。」

桑折山庭園住宅區是有大量豪宅的區域，千子家的等級又比其他豪宅高出一階。時尚卻感覺得到悠久歷史的巨大宅邸十分有格調，不會讓人覺得在炫富。我這種窮人應該一輩子都無緣享受。

「今天姑婆和工藤先生都在。」

聽見「工藤」這號人物，我立刻繃緊身子。我在網路上看過他的長相。他的五官深邃，散發沉穩的氣質，是個徹頭徹尾的大帥哥。

（他對兔羽還有留戀嗎？就算這樣，如果他敢對她做什麼……）

我大概沒辦法原諒。我握緊拳頭。

「哎呀哎呀，男生就是這樣呢～♡」

女僕笑咪咪的，害我的氣勢減弱了一些——

「那麼，請在這邊稍待片刻。」

我走進屋內，坐到巨大客廳的巨大沙發上。房子的外觀是日式，所以我本來以為內部裝潢也會是日式，天花板卻掛著巨大的吊燈。這個空間對於一介平民來說超級不自在。

（幸好有費小姐陪我……！）

原本的計畫是抵達千子家就瘋狂按門鈴，沒人應答再闖進屋內叫著「來人啊！」，奪回兔羽。我怎麼這麼單細胞，好可怕。

（是獅子乃妹妹請費小姐來找我的吧。）

她應該猜到我會強行殺到千子家，不如說連路都找不到，才會派救兵過來。那孩子真的既聰明又溫柔，我誠心尊敬她的這部分。她是認真想幫助我和兔羽吧。

「……你就是御堂先生嗎？」

背後的門打了開來。站在那裡的男人身材跟我在網路上看到的如出一轍，是個梳著油頭、戴著淡色太陽眼鏡的淺黑色男子。

「──工藤刃……先生。」

「……原來如此。看來你認識我。」

他低沉的聲音嘹亮卻平靜。明明給人一種成熟穩重的印象，卻帶著凶狠的表情注視我，彷彿在對我施壓；眼神則有如草原上的馬。

（他那麼瘦，肌肉倒是挺結實的。他有在練格鬥技嗎？）

更重要的是，我透過那自信的態度，感覺得到他的人生歷練。這叫做看慣修羅場的男人的氣勢嗎？我的朋友玉之井社長也擁有同樣的魅力。

「——御堂先生。」

工藤呼喚我，眼底閃過一道光。

（幹嘛？該不會要說我配不上兔羽——）

我握緊拳頭。與此同時——

「拜託你！絕對不要放走兔羽小姐啊啊啊啊啊！」

他放聲吶喊，向我下跪。

「請用，這是大吉嶺紅茶～♡」

費小姐為我和工藤先生送上紅茶，語尾還加上愛心。高級茶杯中的高級紅茶冒著蒸氣。

「御堂先生，我一開始還以為事情鬧大了。」

「什麼意思？」

「我想說，終於得上法院幫那個人辯護了。」

「『那個人』是指我的妻子嗎……？」

「對。我聽說了。盲婚。結婚後把對方封鎖。真的謝謝你沒有報警。我滿心只有對你的感謝。」

怎麼回事？跟我想像中的發展差好多。

「你不是兔羽的未婚夫嗎？那個，呃，你不介意嗎？」

「介意什麼，歡呼都來不及了！這樣我就自由了！真的謝謝你！」

工藤先生感動落淚。

「我一點都不想結婚。很遺憾的是，結婚從根本上來說，就是有缺陷的過時制度。搭建婚禮這座名字聽起來很好聽的斷頭臺，再靠『永恆的愛』這種膚淺的宣傳詞刺激庶民的僥倖心態，因而產生的扭曲制度。」

「可、可是，結婚後可以一起分擔育兒壓力……」

「我反對把結婚和育兒扯在一起。你不覺得建立在人類的道德觀上的制度並不合理嗎？成為一個人的父母，要背負非常重大的責任。人類卻不用考試也不用上課，就能輕易創造新生命，比考駕照還簡單（從手續上來說）。就我來說，這種行為並不道德。如果真的要為人類的幸福著想，所有的小孩都應該藉由人工授精來製造，再交給適當的機構扶養。由人類扶養人類可謂荒謬至極。人類該培育的，是名為法律、制度以及社會的巨大怪物。」

這個人是怎樣？

（他有病。）

跟工藤先生冗長的理論形成對比，三個字就足以表達我的感想。

「可是我聽說是你把兔羽擄走的。」

「因為那個笨女人把所有手續全都扔給我辦，該讓她確認的文件統統沒辦法處理，尤其是遺產問題，甚至害千子家爆發流血衝突。我只是為了拯救人命，採取適當的措施而已。這樣千子家的紛爭應該就能稍微平息了。」

原來如此。原因簡潔易懂，讓人不得不接受。

（全是我妻子的錯耶。）

不過身為迷上她的男人，這一點我也覺得很可愛啦？不對，這部分我大概護航不了。

「工藤先生，你不想結婚，又不喜歡兔羽，居然還跟她訂婚。」

「……我家的人沒辦法反抗詩子小姐。」

「詩子」小姐？是誰啊？我感到疑惑，對坐在旁邊的費小姐使了個眼色。於是，她仍舊笑容滿面地為我解答：

「千子詩子小姐，是兔羽小姐的姑婆。」

工藤先生露出參雜佩服與敬畏的表情。

「她真的很可怕。不愧是隻身在戰後的東京打拚過來的人。當初因為ＧＨＱ財閥解體，導致漁船用的冰塊不足，無法保存生魚而缺乏糧食時……噢，這件事不能外傳。」

「那是什麼東西？我超好奇的。」

「總之她很可怕就是了。那個人動動手指，就能讓我家灰飛煙滅。」

工藤先生瑟瑟發抖低聲咕噥。這個人好像是在幾近被威脅的狀態下，勉強跟兔羽訂婚的樣子。什麼嘛，這下我稍微放心了。

「那麼，大吾先生，再次拜託你了。我是千子家的法律顧問，跟千子家姑且算是遠親。也就是說，我們未來也會成為親戚。雖然我不是討人喜歡的類型，以後還請多多關照。」

「……我、我才要請你多多關照。」

唉呀，這個人甚至可以說是個好人耶。我竟然還覺得他有病，好丟臉。他是個再正常不過的正派人士嘛。

「唉呀？我記得工藤先生有對象呀。我見過一次。」

費小姐低聲說。工藤先生則嘆著氣搖頭。

「我們分手了。大概在一年前。」

「唉呀呀，真遺憾呢。不過為什麼會分手呢？」

「我有點撐不下去。」

「因為個性不合之類的問題嗎？」

「——不。是我真的覺得人類很噁心。」

駭人的發言令我當場愣住。

「不如說，我基本上不喜歡碳基生物。那個名為皮膚的物質，其柔軟觸感太讓人不舒服了！在本質上來說沒有意義的宇宙中，擁有神經和可悲的思考能力也很討厭。人類跟人類結合會誕生人類，不覺得很噁心嗎？只要張開嘴巴就會一直發出刺耳的聲音，說起來那股味道有夠難聞，生物特有的生命氣味。腐敗的屍體還更香呢。還有生物擁有的愛、勇氣、想像力，以及體貼人的心情。我沒辦法適應那種東西。你想想，石頭和水不就只是靜靜存在於此嗎？那樣就好。不如說，我們很久以前應該也是那個狀態，為什麼不知不覺間獲得了私慾與執著之類的能力呢？這或許是生存競爭的結果，可是我好像會排斥那種不自然，或者說奇怪的生物。」

然而這人滔滔不絕地闡述恐怖的個人觀點。

「好厲害。有這種觀念的人居然跟人訂婚了。」

我不禁感嘆。

「說得沒錯。所以我很感謝你，御堂先生。真的讓我撿回一條命。真的真的謝謝你拯救我脫離地獄。」

費小姐一臉為難地露出苦笑。

「要是兩位真的結婚，工藤先生會不會死掉呀？」

「不會。」

淺色太陽眼鏡底下是堅定的視線。

「我討厭生物，卻不討厭自己。不對。是自我否定太『沒效率』了。喜歡自己或討厭自己，就我看來是無聊的自慰行為。我可以理解覺得自己很可憐的心情，但是我不會否定自己，更遑論主動放棄自己的人生，我絕對不會去做這種事。不管陷入多麼艱難的困境，我都不會放棄自己的生命。」

語畢，他喝了一口紅茶。他口才這麼好，果然是律師這個職業使然嗎？能一直闡述如此恐怖理論的人，我還真沒看過幾個。

（「他有病」。）

沒什麼好丟臉的。這人有病。儘管他講的話，我連一半都無法理解，至少我感覺得到他的內心有多複雜。

「改天一起去喝酒吧，工藤先生。」

「好啊，這個提議不錯。我很樂意。」

我下意識開口邀約。因為他很有趣嘛。遇到這種怪人就會想當朋友，是我從小到大的習慣。看熙涵這個摯友就知道了。

「費小姐，夫人請御堂先生過去。」

另一位女僕低聲說。這棟房子好像固定會有三位女僕在裡面待命。我站起身來。

「呼，好緊張。」

「不用擔心。好了，我們走吧。」

兔羽似乎被關在自己房間處理文件。也就是說，我殺到千子家完全是白費工夫吧。可是來都來了，得跟千子家的人打聲招呼才行。

聽說千子詩子是個恐怖的女強人，沒問題嗎？

（我明顯配不上這個家族的家世。）

可是婚姻生活注定要跟對方的家人相處，我得努力得到他們的認同才行。

我敲了敲門，門後的人立刻回答「進來」。費小姐笑咪咪地轉動刻著馬頭的門把。

「初次見面，我叫——」

御堂大吾。話還沒講完，那位高齡女子就打斷我說話。

「御堂大吾對吧？嗯，我聽人提過你。這樣啊，就是你啊。哦……原來如此。她喜歡這類型的男人啊？」

女強人——千子詩子。鼻梁高挺，目光銳利。從略顯鬆弛的皮膚和臉上的深紋判斷，看得出她年事已高，不過她散發的生命力過於強大，難以推算實際年齡。只有她在的那個空間氣氛有點凝重，是個存在感強烈的人。

「不好意思，一直沒來打招呼。」

「無妨。反正她八成沒告訴你家裡的位置吧？因為她是祕密主義者，從小到大都沒變。

比起這個——」

詩子小姐接著說：

「聽說妳還對獅子乃出手了？挺有種的嘛。」

「呃，那是……！」

「不用解釋沒關係。現在我是不知道，不過我小的時候，如果有男人說他今晚要去跟其他女人睡覺，其他男人都會一臉羨慕，女人則會貪婪地看著他。唉，或許是因為那裡是深山的鄉下地方吧。」

「詩子小姐是鄉下出身的嗎？」

「對啊。不過那裡已經廢村了。我十三、十四歲的時候，經常有隔壁村的男人花兩小時爬過一座山來找我睡覺。有一次有三個男人撞在一起，吵得不可開交。不過我倒是笑得很開心就是了。」

「……這、這樣啊。」

以前那個年代真不得了——！道德觀、貞操觀念以及倫理觀，果然跟現在大不相同吧。

「用不著對別人的戀愛指指點點吧？愛怎麼做就怎麼做。反正每個人都只能在某個傷痛中成長。」

詩子小姐哈哈大笑，接著點燃老舊的煙管。穿和服的她用時髦的煙管抽菸的模樣，照理說很不協調，卻異常合適。

「我還以為您肯定會說『我才不會把兔羽交給來路不明的狗男人』。」

「噗哈哈！喂喂喂，費，妳聽見了嗎？他說自己是狗男人。」

費小姐露出尷尬的笑容。詩子小姐接著說：

「千子家是名門。原本似乎是小田原藩的大人物的家族。我也不清楚就是了。總之，裡面一堆囉嗦的人。不過我認識我丈夫時，在淺草的展覽小屋扮演蛇女。像這樣，用尾巴輕輕撫摸男人的下巴，就能聽見愚蠢的歡呼聲。這角色可適合我了。如果你是狗男人，我就是蛇女人。遠比空有自尊心的貴族子弟來得好。」

這位女士比我想像得還要豪邁。其實我隱約已經猜到，但是真的遠遠超出我的想像。

「我挺中意兔羽的。」

「是這樣嗎？」

「其他人都罵她罵得毫不留情，嫌她不負責任，一下就會逃避、沒毅力、精神脆弱，最好去寺院修行一下——」

（我的妻子真的被罵得好難聽……）

「——她跟我年輕的時候一模一樣。」

她有點害羞又有點高興地低聲說，簡直像在跟人聊孫女的好奶奶。透過那轉瞬即逝的表情，我好像看見了她對兔羽的感情。

「現在的她確實心靈脆弱，又喜歡逃避，讓人看不下去。不過那傢伙被逼入絕境時，大概會變得比任何人都還要強大，堅持奮戰到底。我覺得她的內心潛藏著不為人知的精神力，純粹是她做事太得要領，才會傾向往比較輕鬆的方向逃避。假如真的被困在無路可逃的死胡同，她可是就會露出本性喔。」

「……」

「所以我才希望她趕快結婚，生個小孩變得像樣一點。她真的只有在想逃避什麼的時候特別有行動力，特別會動腦筋。」

費小姐在背後咯咯笑著。

「說起來不想結婚的話，在找奇怪的軟體前先跟我說不就得了？只要講清楚她有正當的理由，我又不是不會體諒。」

「因為您質問人的時候很容易以理服人。兔羽小姐是憑感覺生活的人，您一直問她原因，她的大腦就會當機。」

「怎麼？意思是我太嚇人嗎？」

「是的♡」

費小姐毫不畏懼，笑咪咪地在語尾加上愛心跟雇主講話。不愧是代替母親養大兔羽和獅子乃妹妹的人，好強。

「總而言之，你照自己的意思做就好。我沒有要拜託你什麼，只不過我也不會特別偏袒你。除非你證明自己有相應的價值，這樣要我多偏心都可以。放手去玩吧。」

她咧嘴一笑。千子家的大人物——千子詩子的「偏袒」，肯定是財經界的名人再渴望不過的祝福。她在問我「我有那個權利，你打算怎麼做？」。

「我……想跟兔羽一起建立家庭。想給她幸福。現在……我滿腦子只想著這件事。」

「好了、好了，我只是故意逗你的。既然如此，你走吧。」

「咦？」

「有個傻瓜正在走廊上把耳朵貼在門上偷聽，肯定是想找你吧。」

我回過頭，門後確實傳來「咚」的一聲，緊接著是轉身逃往走廊盡頭的腳步聲。好快的逃跑速度。怎麼想都只有可能是她了吧。

「謝謝您。我先告辭了。」

我微微低頭，接著馬上衝出房間。身後傳來費小姐和詩子小姐的笑聲。

從後面追上來的費小姐告訴我兔羽的房間在哪裡，我敲響她的房門。

「兔羽，是我。我想跟妳談談，就跑過來了。」

「……」

我隔著房門聽見她的呼吸聲。

「我們好好聊一聊吧。」

沒有回應。她應該聽得見，卻不肯回答。

「兔羽，對不起傷害了妳。我喜歡的人是妳，真的。」

丈夫和妹妹接吻，自然會大受打擊吧。我能做的只有跟她道歉。如果有其他我能做的就好了。

「我要開門嘍。」

「……唔！」

感覺得到她在門後倒抽一口氣。我打開房門——

「……妳鎖門了吧。」

門把只有發出轉動聲，並未發揮原本的用途。

「這種時候就輪到我出馬了♡」

費小姐拿出鑰匙，在我開口前迅速開鎖。

「唔！」

喀嚓——房門立刻重新鎖上。

「啊，喂，兔羽小姐，逃避也改變不了什麼吧！看您要打他耳光、分手還是復合，怎麼樣都可以，請您好好面對。」

「……～唔！」

費小姐再次打開從內側鎖上的門。

「喂，又把門鎖上了。我不是在跟您玩喔。啊，又鎖上了！媽媽生氣了喔。妳要鬧幾小時才甘願——」

「冷、冷靜點，費小姐。」

費小姐每開一次門，兔羽就會從裡面再鎖上一次。看來她非常不想見到我吧。畢竟對象是兔羽，她真的很不會處理這種人際關係的摩擦。

「沒關係，我會等到兔羽做好心理準備。」

我不可以催促她。因為百分之百是我的錯。然而，遠比我更加了解兔羽的費小姐理所當然地說：

「不可能。這孩子一輩子都做不好心理準備。她是一旦決定逃避，就會逃到天涯海角的類型。因為她頑固又笨拙。直接人間蒸發這種事，她不是做不出來喔。極有可能隨著時間經過越來越尷尬，演變到最差的狀況時直接半句話都不肯說，然後再一個人躲起來哭。所以，你要強勢一點。」

「……我很想反駁，卻無法反駁。」

「你是她的丈夫，所以她逃得多快，你就要追得多緊喔♡」

儘管費小姐高速開鎖試圖把兔羽抓出房間，臉上依舊掛著笑容。她八成已經很習慣兔羽的這個個性。

「好了，請您適可而止，兔羽小姐！您已經不是小孩子了！御堂先生可是跑過來的喔！看他這麼拚命，我都有點嚇到——」

喀嚓——房門輕易打開，乾脆得令人錯愕。

「……跑過來的？」

是兔羽。黑髮輕輕搖晃。她打開房門，穿著我第一次看到的制服，瞪大眼睛注視我。

「兔羽，我——」

「好了，大吾，你先告訴我，你是跑過來的嗎？」

「不、不是。我先搭電車，再轉乘公車。」

「不會吧。所以你從公車站跑到這裡？」

兔羽牽起我的手。我不知道這是什麼意思，被她拉進房間。兔羽的房間。裡面到處都擺滿了布偶與可動式模型，比想像中更有平民氣息，或者說親切感，我有點高興。

「唔喔！」

我被撞飛到床上。

「小費，我不太懂這種事，希望妳幫我看一下。」

「咦？咦咦……！我確實是您的媽媽沒錯，可是、可是，要監督您的第一次，我實在不夠格，不如說好尷尬！可是我有點想嘗試看看……！」

「少裝天然了。這個。」

兔羽抓住我的褲管，強行把它捲起來。

「噫！」

我聽見費小姐倒抽一口氣。

「我馬上去拿急救箱！啊，不對。醫生。還要找醫生來！」

她立刻衝出房間，綴有荷葉邊的裙襬於空中飛揚。

「……你是白痴嗎？你骨頭裂了耶，還用全速跑步。」

兔羽看著我腫成藍紫色的腳，帶著哭腔低聲說。

「啊……沒事啦。沒有看起來那麼嚴重。」

「騙人。你臉色蒼白，冷汗直流。現在也看起來隨時會痛得哀號，怎麼看都不只是骨折。這麼……可怕的顏色，我從來沒看過……」

我很擅長忍耐和硬撐。老實說，我覺得我的傷勢一點都不重要。我比較想知道兔羽現在是什麼心情、什麼狀態。

「那不重要。兔羽，關於昨晚那件事——」

「怎麼會不重要！」

「……唔！」

「我不喜歡這樣。你……為什麼要……！」

兔羽低下頭，將說到一半的話吞回去。她緊盯著瘀血變成藍紫色，跟周圍的肌膚形成對比的腿。

「兔羽，我喜歡妳。」

「……！」

「真的很抱歉。請妳原諒我，回到我身邊吧。」

我深深一鞠躬。看到我這樣，我知道兔羽愣住了。說實話，總覺得有更好的做法。可是我的頭腦不好，所以只能像這樣鞠躬哀求。這個狀況令我感到焦慮。除了向她傳達心意，我什麼都做不到。

「我又不是因為討厭你才回老家。」

「……嗯。」

「話說昨天才發生那種事，我需要一些時間整理思緒。」

「……嗯。」

「那麼，我問你一個問題。就一個。我希望你老實回答。」

兔羽做了個深呼吸，把手放在胸前。

「——你喜歡獅獅嗎？」

她用顫抖的聲音，緩慢且冷靜地輕聲詢問。我屏住呼吸。啊啊，多麼直指核心，沒有一絲多餘的問題。我試圖思考，嘴巴卻比大腦更快採取行動。

「……喜歡。」

「這樣啊。」

她笑了笑，高高舉起拳頭。

「給我咬緊牙關，你這個混帳東西——！」

那個姿勢實在太美，我不小心看呆了。完美無缺，跟教科書一樣的Jolt反擊拳。那就是她的大絕招（擅長招式）。

「嗚嘎！」

拳頭命中我的臉，使我當場倒地。兔羽喘著粗氣，同時輕輕摩擦拳頭。她緊盯著我。

「大吾。」

「……嗯。」

「我比較重要嗎？」

「對啊。」

這樣啊——她喃喃說道。同時一臉很痛的樣子摸著拳頭。

「……我還沒辦法說要原諒你。」

兔羽用圓滾滾的大眼看著倒在地上的我。

「不過我就回去吧。」

她牽起我的手。

■

儘管我說了要回家，由於丈夫的腳傷勢嚴重（這輩子真的沒在人類身上看過這麼恐怖的顏色），我們請醫生來家裡為他診斷完之後，便直接坐計程車前往醫院（因為醫生說他的狀況不太妙）。

「姊姊。」

我在醫院的大廳等待，有著一頭跟醫院再適合不過的純白長髮少女，從遠方匆匆地跑了過來。那個人當然是大家熟悉的我可愛的妹妹。

「獅獅，這邊～」

「我拿大吾先生的健保卡過來了。」

大吾先生呆呆的，一聽說我被擄走就衝出家門，連錢包都沒帶。公車和電車是用智慧型手機的電子錢包付款。他真的好傻。

（……話雖如此，我有那麼一點高興。）

嗯——少女心真複雜。

「所以，妳跟大吾先生和好了嗎？」

「嗯，算是吧。還有點不爽就是了。」

人類沒有厲害到這麼容易就一筆勾銷。

「不過我不太擅長生氣。」

我不知道該生氣到哪種程度，立刻就會跑去拿大鐵鎚。一直生氣又會很累，總覺得已經夠了。

「那麼身為姊姊，我還想聽聽妹妹的辯解。」

「……我想也是。」

不愧是獅獅，真是冷靜如冰的女人。親了姊夫，居然還有辦法面不改色。

「對不起，姊姊，破壞了你們的夫妻關係。」

「……到底是怎樣？大吾跟我說了什麼前世。」

「雖然我不知道他跟你說了什麼，大部分是事實。」

這樣啊。老實說我還沒辦法相信「前世」這種莫名其妙的東西，可是獅獅這個現實主義者都這樣說了，搞不好是真的。

我想起人魚護理師哭著跟我說了些什麼的夢境。獅獅和大吾是命中注定的一對，我只是電燈泡。不過，我立刻將這段記憶從腦海中驅散。

「那麼妳……」

——心臟好痛。其實我一點都不想知道答案。

「喜歡大吾嗎？」

獅獅睜大眼睛看著我，然後輕笑出聲。

「並沒有。」

我當場愣住。因為她的語氣實在太自然了。

「我也不明白到底是什麼情況。我和他都作了奇怪的夢，然後跟身體被操控一樣做出那種事而已，其中沒有任何感情。」

「……真的嗎？」

「嗯。所以，我再次向妳道歉，姊姊。不過請妳不要介意。那跟感冒燒壞腦袋一樣，沒有任何意義。」

她語氣冷靜地低聲說，表情仍舊沒有一絲迷惘。我認為她沒有騙人。因為如果她在說謊，我妹妹的演技就跟奧斯卡影后一樣好，說不定將來可以去當間諜。

「嗯，這樣呀。該怎麼說，我稍微放心了。」

「對不起。」

我向一臉擔憂的妹妹展露笑容，以告訴她我沒在生氣了。而且我真的很不會生氣。尤其是對妹妹。

「這樣啊，真是太好了。不過——」

所以，最後讓我測試一下。

「——因為大吾說他喜歡妳。」

我盯著她的眼睛。

「……大吾先生……那樣說……？」

「嗯。」

好了，妳會作何反應？我仔細觀察她的表情和一舉一動，以免漏看任何一絲異狀。

「……姊姊，我勸妳快點跟那種人離婚。」

「嗚喵？」

「他都有妳這個妻子了，還講那種不得體的話，實在不可取。那種人配不上妳。」

「……是這樣嗎？」

「是的。真的太誇張了。我真的有點生氣。」

獅獅憤怒地碎碎唸。什麼嘛，原來是這樣。居然想測試妹妹，我為自己感到羞愧。

「他肯定也誤會了。因為那個夢真的很奇怪。」

「……」

「不過夢境終究只是夢境，睜開眼睛就會消失不見。」

現實主義者的妹妹對幻想嗤之以鼻。

「這樣啊。」

「是的。」

我內心的疙瘩因此消除。

「獅獅，我跟妳說。」

「怎麼了？」

「我啊，想正式跟大吾同居。因為我們是一家人。我打算搬進他家。」

「……這樣啊。恭喜。」

「妳也要一起來。」

「咦？」

她驚訝得睜大眼睛。這個表情跟貓咪一樣，總覺得有點好笑。

「因為我們是唯一的家人嘛。」

「……」

「小費當然也是家人，可是我們是彼此心中最重要的人，對吧？」

「……不過……你們是新婚夫婦……我太礙事了。」

我忍不住笑出來。因為看看我這個個性，要我一個人跟大吾同居，難度未免太高了。我絕對會逃走。或是因為壓力過大而禿頭。所以獅獅也一起來，我反而會感激不盡。

「我從小就決定總有一天要搬出去住。而且就算搬出去，也絕對不會讓妳一個人。」

「……妳原來是這樣想的？」

「對啊。」

我害羞地移開視線，接著聽見她的笑聲。

「我們果然是姊妹呢。我也是這樣打算。姊姊搬出去住的話，八成會獨自搞砸一堆事流落街頭，到時得由我來照顧。」

「什麼！」

「未來的事情沒人說得準吧？我們一定會常常大吵架。因為我們的性格正好相反。不過就算這樣，我依舊覺得我們應該不會分開。」

雖然意思有點出入，我們確實在想類似的事情。儘管有無法釋然的部分，我還是很高興。我們果然是姊妹。到哪裡都一樣。

「作為代價——」

她神情嚴肅。

「請妳做好房間隔音。如果晚上聽見聲音，我一定會吐。」

「什、什什什什麼！妳在說什麼啊！」

「……妳都結婚了，事到如今在怕什麼？夫妻做那種事再正常不過。」

「喵嗚……」

我妹妹是怎樣！遠比姊姊更成熟耶！

（我本來還想說要和大吾分房睡。）

是不是有點太膽小了呢？大吾好像又會傻眼。不過，我不知為何挺喜歡看他傻眼的。要不要試著提議看看呢？畢竟光是跟他同床共枕，我絕對會緊張得睡不著。

——我、大吾和獅獅三人要同居。

（感覺會很開心呢。）

想著想著，我不由得揚起嘴角。

■

於是，我——千子獅子乃跟姊姊說「我要去廁所」，起身離開。

（得快點到沒人的地方。）

快要壓抑不住狂跳的心臟了。興奮與緊張使我反胃。我快步衝進洗手間，找了一間沒人的廁所進去，鎖上了門。

（——大吾先生說喜歡我？）

真的好傻。那個人太傻了。幹嘛老實——我的身體抖了一下——說他喜歡我。當著妻子的面。當著姊姊的面。

（傻的人是我。）

大吾先生喜歡我。可是他選擇了姊姊。因為他更喜歡姊姊。因為勝過對我的喜歡。也就是說——

（……我是可悲的喪家犬。）

即使如此，他說他「喜歡」我這件事實，仍然讓我的身體產生了下流的反應。沒有喜歡到會想娶來當老婆，對朋友的「喜歡」。然而我就像拿到飼料的狗一樣，不顧形象地狂搖尾巴。啊啊，自己不堪的模樣真的好可笑。

（大吾先生說他喜歡我。大吾先生說他喜歡我……）

身體熱得連自虐的時間都沒有。

（……我也……喜歡你。）

真希望我敢說出口。可是我辦不到。我拚命將這句話吞回腹中。

「好險。」

真虧我有辦法在那個狀況下裝出撲克臉，真是驚人的精神力。要不要就這樣每天開發自己新的可能性呢？

（我、姊姊和大吾先生三人要同居。）

該怎麼說，從各種角度來看都很危險。那個建議太恐怖了。因為這代表我時時刻刻都能待在他身邊。希望我不會忍不住。更重要的是，我會被迫在旁邊看姊姊和大吾先生放閃。我的精神撐得住嗎？搞不好會因為壓力過大而禿頭。不過——

「不入虎穴焉得虎子……嗎……」

我握緊拳頭，使勁按在心口上。

第二話　築巢的獅子

如此這般，我是決定搬家的御堂大吾。

（兔羽說她非得跟獅子乃妹妹一起住的時候，我還有點緊張。）

我很高興。沒有不良企圖。對我來說，獅子乃妹妹是重要的人。可以的話，我想在目所能及之處保護她……這樣想會太傲慢嗎？

「那麼我走嘍——！」

去逗子市接兔羽回來後，過了兩個星期。整隻腳完全廢掉的我，這次不得不住院。

我昨天才剛回到這棟公寓。腳傷已經好得差不多了，醫生也大吃一驚。我從小到大就只對恢復力特別有自信。

「路上小心。」

兔羽笑容滿面地去上學。兩星期前她揍了我一拳後，好像就消氣了。我住院的期間也對我很溫柔，真是個善良的人。我實際對她這麼說之後，兔羽回應「我不是溫柔，只是不知道可以氣到什麼地步，會害怕而已」。不知為何，我覺得這樣很符合她的個性，接受了這個理由。

「我出門了。」

獅子乃妹妹跟平常一樣面無表情，同時跟在她身後。千子家的糾紛似乎姑且平息了，獅子乃妹妹今天開始也會去上學。

（……兔羽和獅子乃妹妹的關係還真神奇。）

昨晚，時隔兩星期回到房間的我和兔羽一起悠閒地度過，就寢時間一到她就逃也似的跑到獅子乃妹妹的房間（事實上就是逃掉了吧。她害怕跟我同床共枕）。昨天她們好像開開心心地睡在一起。

（就算發生了那種事，她們的感情還是很好耶。）

我還以為她們肯定會吵架，擔心得不得了……

看到黑白兩色的身影和睦地走在中華街上，我鬆了口氣。

「那我也出門吧！」

我拖著還有點痛的腳邁步而出。

「玉之井不動產」位於關內車站旁邊，末廣町的方向。我打開河邊的破爛大樓上布滿灰塵的大門，熟悉的香味竄入鼻尖。

「……你在做什麼啊？」

我一走進事務所便看到社長沒穿褲子，腳邊跪著一名美女。

「這是誤會。」

社長作出怎麼想都說不通的辯解。

「真的是誤會。不是你想的那樣。只是咖啡打翻了。」

「唔哇，這個人好不會找藉口。」

跪在社長腳邊的女子站起來笑著說「那麼，有機會再見吧」，便離開事務所，一副很熟練的樣子。之後事務所裡只剩下我和社長兩個人。

「讓你見笑了。」

「總之先穿上褲子吧。」

他急忙穿好褲子，然後重新坐到沙發上。

「所以？剛剛那個女人是誰？新的女朋友？」

「不，正好相反。」

我大聲爆笑。社長瞇眼瞪著我。

「前女友啊？哇，厲害喔，社長。咦？你要跟她復合嗎？」

「……不是的。跟你猜的一樣，我們昨晚碰巧在酒吧重逢。」

「啊——」

簡單地說，就是跟前女友犯下了一夜的過錯吧。然後天亮後打算在她離開前來一次……

「唉唉唉……」

社長深深嘆息。

「我對那種事沒有抵抗力，一被邀請就無法拒絕。而且我性慾超強，總是會像那樣被人牽著鼻子走，然後引發問題……我怎麼就是學不到教訓呢……唉。」

「社長，你超常遇到異性糾紛耶。」

四肢修長、相貌端正、聲音清澈有透明感，個性也不錯。這個人的搶手程度跟鬼一樣，卻不擅長跟女性保持適當距離，無法維持穩定的關係。性格天然，是女性公敵。我沒資格罵他就是了。

「哈哈哈，你還是老樣子。」

「對了，大吾先生，我聽說你住院了？」

「……發生了一些事。」

「你也還是老樣子不是嗎？」

確實。我和這個人總是學不到教訓。

「接下來，大吾先生，我們就進入正題吧──」

我昨晚傳了一封簡訊給他。因為想跟兔羽和獅子乃妹妹一起生活，無論如何都得處理這件事。

「——你想要新工作，是嗎？」

一年四季都在抱怨人手不足的社長笑得樂不可支。

「我現在需要養妻子和她的家人，得多賺一點才行。」

「咦？可是就我所知，兔羽小姐不是超有錢嗎？」

「……是沒錯。」

千子兔羽是千子家的正統繼承人。雖然她拒絕繼承祖父的遺產，父親留下的土地、房子以及權狀，還是多到數不清。

「不過，總覺得不該靠那筆錢。我畢竟是她的丈夫。」

「……你真的很喜歡昭和男性的那種大男人主義耶。看性別分工，在現代社會反而應該要受到鄙視喔。」

聽完我的說法，社長無奈地咕噥。儘管很不甘心，他說得沒錯。我的確有那種身為男人，想要負責養妻子和家人的觀念。我也知道自己很古板。

「而且……」

「請說。」

「兔羽還是小孩子，我得認真工作……我想先留一條後路，免得哪一天全都搞砸了，她不想再撐下去。」

社長冷靜地凝視我。

「你真的都沒變耶。」

「是嗎？」

「到頭來，你就是不相信人類。所以才會總是傾注過度的溫柔。」

真不想被你這麼說。

「不過工作啊……我這邊確實也有員工偷偷跑掉，處於人手不足狀態……可是我不想讓你處理我公司的事務。」

「……這句話是不是有點失禮啊？」

「啊，不是。我沒有那個意思。我不是覺得你做不來，是大材小用啦。要用你的話，有更有趣的職位。」

出現了，天然花花公子。擅長誇人也是他受歡迎的理由之一。而且他還能臉不紅氣不喘地直接告訴對方。

「啊，對了。這樣的話……反而是個好機會也說不定。這也是一種緣分。」

「咦？」

「你記得剛才離開的那位女性吧？她正在找人——」

儘管我嗅到一股危險的氣味，還是繼續聽他說下去。

■

我——千子獅子乃就讀的「聖帕特里夏學園國中部」，位於金澤八景的海邊。千子家的女性代代都在這間學校就學，姊姊念的也是聖帕特里夏學園的高中部。大學應該也會直接升上去。

（江水挺近的嘛。）

下課時間，我低頭看著手機。江水。新江之島水族館。說到江之島就是鎌倉，所以離金澤八景也絕對不遠，反而算近吧。

（……我肯定看過不只一次。）

在電視節目或者廣告上。我住在神奈川的沿海地區，照理說不會不知道這則資訊。

（因為我以前只會坐車在家裡和學校之間往返——）

難怪什麼都不知道。連對其他人都沒興趣。想做的事半件都沒有。所以老實說，最近的各種混亂還滿愉快的。

「……然後啊～我就跟那個人說～是你有問題吧？」

「哈哈哈，妳太誠實了啦～」

班上同學把我前面的座位靠在一起，邊吃便當邊聊天。我發現其他人都這麼做，只有我孤獨一人。

（糟糕，太大意了。）

我太久沒來上學，如果午休時間不快點離開，會像這樣被友情的小島包圍，然後遇難。我不太在意別人的眼光和評價，可是被說是邊緣人的感覺並不好。即使是我自找的也一樣。

「啊……千子同學……對、對不起。」

我站起身，不久前還聊天聊得很開心的女生正好要移動，不小心碰到我。只是碰到我而已，她就困擾地皺眉，害我有種破壞她們愉快心情的愧疚感。

「不好意思。」

我輕聲道歉，帶著出門前做的便當走掉。

目的地是體育館後面，已經很久沒人整理的花圃前。我坐在破舊的藍色長椅上，打開便當盒。

「喵。」

「哎呀，妳又來了嗎？好久不見。」

一隻獨眼的小貓坐在茂密的草叢前緊盯著我，在原地縮起身體輕輕搖晃尾巴。她（還是「他」？總覺得長得像母貓）是我認識的貓，偶爾會出現在這裡，我打從入學時就跟她是朋友了。

「要吃嗎？」

我從便當盒裡面分了一半鹽烤鮭魚給她。她聞了一下，慢慢開始享用。

「我也好想變得跟妳一樣堅強。」

這隻貓絕對不親我。不會發出諂媚人的嬌聲，也不會扭動身體討食物。只會在別人餵食的時候，面無表情地咀嚼。

高貴的流浪貓。還是說，面無表情的妳也會自我厭惡呢？

（……大吾先生不曉得吃便當了沒。）

我也幫姊姊做了便當，順便連你的份也一起準備了——這點小事應該還在貼心的姨妹會做的範圍。因為姊姊也很高興。

（好想見他。）

啊啊，真的是。如果我能變得更強就好了。

我想成為一個有魅力的人。

（從那個——一九六〇年代的我身上，感覺得到人生的「重量」。）

一九六〇年代，明知道世界會滅亡，依舊沒有改變自己，不斷工作的千子獅子乃。成為女僕，直到最後都貫徹自身信念的人。

看到她——還是說「變成」她？——我覺得很有魅力。只會在學校和家裡之間移動，不會積極改變的自己，令我覺得有點慚愧。假如想得到跟她一樣的堅強心靈，只能去做出某些挑戰。

「……咕嘟。」

此刻，我人生第一次——穿著制服在商店街亂晃。

即所謂的在路上買東西吃。

（啊啊，我變成不良少女了。）

天國的媽媽、爸爸，對不起。學生手冊上明明寫著禁止在路上買東西吃。之前大吾先生請我吃的沙威瑪，是我第一次吃的路邊攤。下一次是他在中華街買點心給我的時候。全是他請的。不行。偶爾得自己一個人試試看。

於是東張西望。

我選擇橫濱的元町商店街，作為第一次在路上買東西吃的舞臺。也就是中華街旁邊的地方。之前稍微散散步時，這條街閑靜又高雅，有點安祥，還挺不錯的。這樣我一個人走在這邊，也不會顯得突兀。

「強勢麵包店，是這裡嗎？」

強勢麵包店是店齡一百年以上的元町老店。我在網路上查過，是非常有名的一家店，便產生了一點興趣。

我靠深呼吸緩解緊張——

「出發。」

準備踏進店門的那個瞬間，眼角餘光瞥見輕飄飄的荷葉邊。

「女僕咖啡廳『黑莓』預計近日開張～♡」

咦？元町這條高雅的街道，要開那種怪怪的店嗎？

「哎呀？」

「咦？」

此時映入眼簾的，是我的義母（雖然我不想相信）費婉・雷耶斯・弗羅勒斯。出生於菲律賓，有著一身褐色肌膚的她，揹著巨大的招牌站在那裡。

（我不能接受。）

得知義母跑去女僕咖啡廳工作時，人類原來會這樣想。

「費小姐，不好意思，不是女僕咖啡廳——」

彷彿滲入乾燥土壤的聲音突然傳入耳中，我反射性地抖了一下。因為那是僅僅分開一天，我就在深切盼望的對象。

「……大吾……先生？」

「噫！」

不是，「噫」是什麼意思？會不會太過分了？我這麼想著，很一般地受到傷害，不過立刻發現原因。他的打扮跟平常截然不同，穿著極度不自然的服裝。

（燕尾服。從胸前的口袋露出一截的白色口袋巾。用髮蠟塑型的頭髮。）

也就是說，他現在扮成執事的模樣。女僕和執事。原來如此。

（挺不錯的嘛。）

得知姊夫跑去執事咖啡廳工作時，人類原來會這樣想。

■

看到我走進店內，大吾羞得面紅耳赤。

「兔、兔羽，妳怎麼來了？不對，這是誤會。」

「哈哈哈哈哈哈哈。」

「妳笑什麼啦！」

笑死，我的丈夫超不適合執事裝。

還在準備開店的店內，有一名宛如冰雕的雪白少女。那個人就是我的妹妹獅獅。她說大吾在做有趣的事情，於是把我叫了過來。

「姊姊，這邊。」

「所以，這到底是什麼情況，小費？」

我瞇眼盯著代替親生母親撫養我們的女僕。

「唉喲，獅子乃小姐和兔羽小姐不是都搬出去了嗎？我想說我也讓自己放個假。機會難得，乾脆在你們附近找一份工作。」

原來如此。所以她才會想在這家女僕咖啡廳工作。到這邊我還能理解。現在只有女僕住在那棟房子。簡單地說就是很閒吧。

「那麼我的丈夫為什麼會在女僕咖啡廳工作呢？」

「……不是，這裡根本不是女僕咖啡廳。」

大吾就像在嘆氣似的咕噥。

「我說，費小姐，這家店的主題是以正統英國風為概念的高級咖啡廳。不是秋葉原，是不列顛，妳知道嗎？」

「對不起。」

小費笑了笑，一臉毫不愧疚的樣子。大吾重新面向我。

「我找新工作的時候，社長幫我介紹的。聽說僱來當店長的人在開店前一天被逮捕……失蹤了。他們在找臨時工幫忙。」

「哦～」

大吾在找工作啊？我個人對此感到疑惑。公寓管理員這份工作感覺挺閒的（偏見），拿這些時間陪我不是很好嗎——我死都不敢對本人這麼說。既然大吾找到新工作了，那還真是可惜。不過我得為他打氣才行。

「小費，妳現在住在哪裡？」

「附近的商務旅館♡」

這樣啊。幹嘛不跟我說呢？

「那個，不好意思——」

「來了——」

大吾被業者叫到門口。可是他真的好不適合燕尾服。硬要說的話，他給人的感覺比較像藍領階級吧，應該有更適合他的衣服。不是那種精明幹練風，而是工作服之類的。絕對很適合他。

「……（呆——）」

我這麼認為，獅獅卻目瞪口呆。

「獅獅？」

「嗚喵。」

她回過神來，用手帕擦掉嘴邊的口水。

「什麼事，姊姊？」

「妳怎麼了？」

「……沒有呀。」

她移開視線，臉頰微微泛紅。她到底在看什麼呢？

——啪答。我聽見水花濺起的聲音，幾滴水噴到臉上。

「咦？」

我轉過頭去。

『……——』

看見一名少女。那個肯定是人魚。因為她的下半身不是腳，而是跟珊瑚礁一樣，被漂亮的鱗片覆蓋住。那位人魚浮在空中。戴在頭上的，是護理師帽嗎？

「……兔羽？」

「喵嗚。」

他的聲音令我猛然回神。坐在我旁邊的，是我的丈夫御堂大吾。其實我還有點不好意思稱呼他為「丈夫」，即使在心中也很難這樣叫。

「兔羽，妳怎麼在發呆？」

我們坐在中華街公園的長椅上，側目看著來來往往的觀光客，手裡握著罐裝咖啡。十一月已經結束了。坐在外面實在很冷，不過不成問題。

咖啡廳的準備告一段落，大吾要休息，所以我也一起跟了過來。獅獅好像跟小費一起去麵包店還是哪裡逛街了。

「對不起，剛才……」

「嗯。」

是不是有穿護理師服的人魚在天上飛啊？

（我哪問得出口這種問題！）

明顯腦袋有病。即使是事實，肯定也會嚇到人。「穿護理師服的人魚」──我偶爾會看到的錯覺。總是想要傳達什麼給我。

「啊，該不會是會冷吧？給妳……」

「啊。」

他脫下外套蓋在我身上。他的體溫和餘香籠罩住我。

（好老套的展開……！）

少女漫畫中，男主角常對女主角這麼做。我從來沒有跟少女一樣嚮往那種事。甚至覺得自以為羅曼蒂克，很尷尬。

（書上的跟實際遇到差好多……）

糟糕。我現在臉好燙。搞不好臉紅了。不想被他覺得是披個外套就會害羞的女人。可是他的體溫和氣味，真的太有實感了。

「那個，兔羽。」

「請縮！」

「啊，抱歉。會熱嗎？」

看到我因為緊張和心動而汗如雨下，大吾伸手想幫我拿掉外套。我不禁咬住他的手指。

「哇！為什麼要咬我！」

「對、對不起。反射性就……」

「……妳其實是擬鱷龜吧？」

又不是異種族婚姻。也不是以前你救過的烏龜前來報恩了。

「真的對不起。很痛嗎？」

「不會。倒不如說，妳嘴巴裡黏黏的，以至於我有點興奮——」

我咬住他的手。

「哇！住手啊混帳東西！」

「咬咬咬咬。」

我像沒有智慧的四足動物一樣啃咬他，等到心滿意足才放開他。

……我在他手上留下清晰的齒痕，有點興奮（鏘鏘）。

「我今天還去看了幾間社長那邊的房子。」

「啊，這樣呀。有覺得不錯的嗎？」

「嗯——首先得問妳一個問題。」

大吾直盯著我。

「……兩房可以嗎？」

我稍微移開視線之後——

「你的房間和千子姊妹的房間？」

「獅子乃妹妹的房間和我們夫妻的房間。」

本以為他會對我傻眼，然而出乎意料的是，他笑著說出這句話（害我小鹿亂撞）。

「兔羽，妳討厭跟我一起睡嗎？」

他問得這麼直接，我的心臟揪了起來。

「……不討厭……只是不行。」

「我想也是。畢竟我不久前才背叛妳——」

「不、不是！不是那個問題！」

那件事對我來說已經過去了。是幾百億年前的事。

「既然如此，妳昨天為什麼在睡前逃到獅子乃妹妹的房間？」

「唔……」

「我等妳等好久喔。這麼久沒回家，我很期待跟妳一起休息耶。」

「……唔。」

「我之前也說過不是嗎？在妳準備好之前都不會做那種事。」

對。我知道。這個人很紳士。過於溫柔，會因為那溫柔的個性而束縛住自己，所以我絕對不是因為怕他對我硬來才遠離他。

「我呀……」

「嗯。」

「比你所想得還要久，從很久以前就喜歡上你了。」

「咦？」

所以——

「……該怎麼說呢？我確實把你當成丈夫和男友，但是我心裡有很大一部分把你當成『本命男神』。嗯，你是我的本命男神。如果你想在武道館開演唱會，我一定會支持。總而言之。總而言之，我對你抱持的感情超級強烈。」

一言以蔽之就是這個意思。你大概不知道我有多喜歡你吧。不知道光是看到你，我的心臟就跳得有多快，身體變得有多熱吧？

「宅宅不是常說『我不行了……』嗎？就是那樣。」

「呃……我一頭霧水。」

「意、意思就是沒有現實感。我到現在還沒有『你是我的丈夫』的真實感。喜歡的動畫角色突然出現在旁邊跟你說『從今天開始，我就是你的伴侶』，你也會很傷腦筋吧？」

「……是沒錯。」

我的大腦一團混亂。畢竟我最不擅長的就是表達自己的想法。要我將自己的心意傳達給某人真的辦不到。感覺快吐了。

「我大概明白了。妳跳過一個階段，跟不太熟的人結婚，身體處於震驚狀態。是這種感覺嗎？」

「嗯。差不多。」

「沒辦法，妳沒有戀愛經驗嘛。」

「啥？你啥意思？小心我弄哭你喔。」

你這個離過一次婚的傢伙，根本不知道你有個前妻，究竟給我這個戀愛新手造成多大的負擔對吧？雖然我是會被史萊姆打倒的等級0新手，唯有自尊心可是魔王級，真的不要瞧不起我。

「那麼兔羽，我們一步步完成任務吧。」

「意思是愛的任務嗎？」

這個說法好像滿難為情的，他有點害羞（真可愛）。

「慢慢按部就班地完成吧。等級一——接吻。等級二——一起睡覺。等級三——」

「……吃對方的肉？」

「妳以為愛是什麼東西啊？」

不是，開個無聊的玩笑嘛。純粹是不搞笑，我會聽不下去。

「──是生小孩。」

「……………………………………………………………………………………………………」

我的自我消失了。現在在說話的是深層自我。存在於根源的我。哈囉，世界。感覺如何？千子兔羽因為他太過令人震撼的發言，嚇到放棄思考，滿臉通紅──跟比起直接吃，更適合拿來加工的「紅玉」蘋果一樣紅──僵在原地，跟雕刻一樣──更進一步地說，跟運慶雕刻的國寶「木造阿彌陀如來坐像」一樣。

「兔羽？兔羽小姐？喂──兔羽～」

「……………………………………………………………………………………………」

雖然我的自我消失了，勤快的受體卻偵測到外界的刺激。千子兔羽的丈夫在她面前揮手。這種行為好像小孩子，真可愛。不對。跟這個人生小孩？咦？所謂的生小孩，是指那個嗎？要這樣這樣那樣那樣嗎？

「喵嗚。」

我恢復自我。

「一一一一一派胡言啊汝這愚鈍之人！」

「為什麼要用文言文罵我？」

他正經八百地嘟囔。生小孩。仔細一想再正常不過。我們是夫妻。「夫妻做的那檔子事」這句慣用句，就是在暗指性行為。夫妻從事性行為很理所當然。不管父母和家長有多麼想隱瞞。

「實際上，家庭計畫確實有其重要性吧？例如想生幾個小孩、想在幾歲前生，需要根據這個計畫，為我們的經濟狀況制定指標。」

「生幾個！」

「……我想生三個。」

「三人組嗎！」

「可以不要講得跟相聲組合一樣嗎？」

我驚慌失措。

「這、這樣呀。三個。哦、哦～原來如此。嗯。呃——那就這樣吧。在生小孩前養隻貓吧，養貓。我想養長毛貓。你知道布偶貓這種貓嗎？好像很親人喔。你知道嗎，有人說牠原本由波斯貓跟其他貓雜交——」

「好，不要想扯開話題喔——」

「唔。」

被看透了。

「我想要的，是妳和我的小孩。」

他神情嚴肅直盯著我。眼神非常誠懇且認真。

（這個人真的想要我的孩子。）

我感覺得到。正因為感覺得到，我的思緒亂成一團。頭暈目眩，大腦好像要沸騰了。缺乏氧氣，肺部在拚命索求氧氣。嘴巴跟鯉魚一樣一開一合，真是狼狽。

「……我——」

——我好高興。可是這種高興跟炸彈一樣。高興得要命，其威力卻輕易將我那如同保麗龍的防禦力炸成灰燼。

看到我手足無措，他輕笑出聲。

「對不起。沒關係。我明白。」

「咦？」

「意思是不用急啦。妳還是學生，現在制定家庭計畫太早了。」

他握住我的手，哈氣幫我暖手。

「我只是想告訴妳而已，對不起。以後再慢慢討論吧。」

看到他愧疚的笑容，我心想：

（為什麼我們是人類呢？）

知性。理性。全部的問題都起因於此。如果我和他只是一隻狗，這些事應該都會進展順利。我應該會極其單純地成為他的所有物。

都是因為我們是人類，才會如此複雜離奇。

「…………嗯。」

我像小孩似的嘀咕。不對，我肯定就是個小孩。這令我羞愧不已，覺得自己很難堪、很討厭。他顯得格外成熟，害我悲從中來。

（我是笨蛋。這種時候要說「我喜歡你」啊。至少要這樣說吧。）

我喜歡你。好喜歡你，大吾。比任何人都還要喜歡。最喜歡了。我想跟你接吻，想跟你睡在同一張床上，還有——

（我也想要你的——）

接下來的話太害羞了，我連說出那個詞都「不行」。

■

「來，給你。我把資料帶來了。」

隔天，玉之井社長的妹妹結衣來到我房間，從書包拿出一疊紙。

「這邊是我推薦的物件。儘管價格比較高，都是剛整修過的漂亮房子。這邊是符合你的預算，不過有一定屋齡的物件。還有廚房是單口瓦斯爐。」

「……這是讓小學生做的工作嗎？」

那位社長未免也太會使喚自己的妹妹了。儘管以結衣的個性來看，她應該是自己主動幫忙的。

「來，請用茶。」

獅子乃妹妹將四杯茶放到矮桌上。

「哎呀，真好喝。微苦，有點黑糖味。這是哪裡的茶？」

「薩伯勒格穆沃。」

「噢，斯里蘭卡的。我就覺得有點像盧哈娜。錫蘭紅茶裡面我最喜歡盧哈娜。尤其是泡奶茶的時候，我只會用這一款。」

「我第一次買這種茶葉。泡成印度奶茶或許也不錯。」

兩位千金小姐在召開優雅的紅茶分享會，是我這種庸俗的庶民聽不懂的話題。兔羽明明也是千金小姐，卻跟一般人一樣愣在那邊。真可愛。

「啊，大吾、大吾，這間不錯耶？」

兔羽喜孜孜地拿起一張物件資料給我看。

「我看看。唔嗯……會不會有點小？」

「可是有閣樓喔！」

兔羽兩眼發光。她是住在大房子裡的千金小姐，對那種祕密基地風的要素似乎沒有抵抗力。太可愛了，我伸手撫摸她的頭。

「別、別這樣。」

她一秒拍掉我的手。兔羽不喜歡在其他人面前做害羞的事。可是她大概以為手被拍掉會害我難過，偷偷在桌子底下握住我的手。我的妻子是怎樣？真的好可愛。

——搬家。這是我們正在面對的新問題。

（我、兔羽和獅子乃妹妹的新生活。）

要住在哪個地區？房子要選什麼樣的格局？該考慮的事情堆積如山。

「哥哥推薦了一間，不過我個人反對就是了。」

「社長嗎？」

「……想看嗎？」

「想看。」

結衣嘆著氣從書包拿出資料，又強調了一次她並不贊成，才把資料遞給我。

「兩房一廳。地點在元町，月租五萬五千日圓！好扯！」

太便宜了。元町可是高級住宅區。由於就在中華街隔壁，要搬家也不會太費力，要通勤很方便。雖然怎麼想都有問題，說沒有被吸引是騙人的。

「……我姑且可以帶你們去看房喔？」

結衣秀出鑰匙給我看。儘管很感謝她，別讓小學生做這種事啦。我反而擔心起社長的腦袋了。嗯，會擔心對吧。

那棟房子位於元町的小丘上。隔著停車場的圍欄，可以瞭望橫濱的大海。萬里無雲的晴空下，大海美麗得讓人忍不住揚起嘴角。元町的住宅區跟中華街和關內那種熱鬧的氣氛相去甚遠，明明走路就能到，卻有如另一個國家。

「好壯觀。」

比起公寓，稱之為老舊的洋房感覺更貼切。

「聽說以前是寄宿學校。這一帶很多國際學校對吧？」

元町曾經是外國人街區——培里提督搭乘黑船來到日本時的事。十九世紀時，為了埋葬在日本過世的船員，在這附近設立了外國人用的墓園。從那個時候開始，元町就成為方便外國人居住的地區。

「打擾了——」

一踏進洋房，便揚起一陣細小的白色塵埃。好多灰塵。獅子乃妹妹在身後咳嗽。結衣說不用脫鞋，直接進到室內。

「對不起，這裡很久沒打掃了。」

「沒打掃？意思是平常不會供人參觀嘍？」

「對呀。好像已經三年左右沒出租了。」

結衣的語氣輕描淡寫，我卻覺得有點不對勁。

「哦哦，客廳不錯嘛。」

兔羽雀躍地走進屋內。由於這棟房子是木造建築，每走一步就會發出嘎吱嘎吱的腳步聲。灰泥牆摸起來粗粗的，觸感很好。或許是沒有家具的關係，室內異常空曠。

「瓦斯爐還有三口。」

獅子乃妹妹說最近流行烹飪，看到廚房滿意地點了點頭。格局的確無可挑剔。雖然屋齡應該滿高的，卻非常漂亮，或許是因為整修過。

「而且小歸小，這裡還有地下室。」

「地下室！」

嚮往祕密基地的兔羽被結衣帶出客廳。我走到客廳窗邊觀察室外。可惜窗戶蒙著一層灰塵，看不太清楚。我打開窗戶，清新的空氣便灌進室內。

「……好舒服的風。」

純白如雪的頭髮掠過眼角。

「大吾先生，你不介意嗎？」

獅子乃妹妹坐到窗框上，神情是一如往常的鎮定。

「不、不介意喔。我是妳的姊夫，一起住也完全沒問題。」

獅子乃妹妹當場愣住。

「……不是那個。這麼大的房子，月租怎麼可能只要五萬多日圓。知道要搬家後，我也用智慧型手機看過幾間房子，所以我知道行情。」

原來是在講那個啊。的確，想在元町找兩房一廳的房子，月租大概會高達二十萬日圓上下，這個價格確實非常誇張。獅子乃妹妹笑出聲來。

「你說的那件事，我倒是不擔心。儘管我也想過會不會變成你們的電燈泡——」

「怎麼會！」

她看了我的眼睛一眼，之後立刻移開目光。

「才不會吧？我們可是一家人。」

獅子乃妹妹望向窗外，面色平靜。

「我知道。因為你喜歡我嘛。」

「咦——」

「——以家人來說。對吧？」

如同寶石的眼睛直盯著我。我看不出來她的表情帶有什麼意思。因為這孩子隱藏感情的技術，跟特種部隊一樣好。

「沒、沒錯。以家人來說……我已經不會對妳有奇怪的想法了。」

「已經？」

「不是……我指的是前世！現在妳是我的姨妹。我對妳……沒有那種感情。」

「是啊。而且我是小孩子。對小孩子有那種感情，太奇怪了吧。」

「……當然。」

當然——不可能。

「大吾先生，在那之後你作過那個夢嗎？」

「沒有。妳也是嗎？」

一九六〇年代的夢。在那個世界，我已經死了。所以我以為不會有後續。獅子乃妹妹也是嗎？

（……獅子乃小姐之後不曉得怎麼樣了。）

獨自留在銀河列車上的她，之後還好嗎？會獨自生存下去嗎？總覺得至少她沒有堅強到會選擇自殺。所以我才會想陪在她身邊。即使到了現在，只要一想到她，我的胸口依舊會緊緊揪起。

「假如那就是我們的前世，代表我們轉生到這個宇宙嘍？」

「熙涵說可能是平行世界。」

「另一個次元嗎？畢竟有無限多次元嘛，什麼事情都可能發生。」

我聽不懂她的意思，面露疑惑。她繼續解釋：

「這個宇宙存在無限多個次元。無限的意思就是『沒有不存在的東西』，全部的可能性都包含在內。例如我的頭髮是黑色的世界，或是你是女性的世界，都確實存在。」

「怎、怎麼可能。」

「即使以實感來說很不可思議，然而那可是『無限』。」

所以討論多重宇宙論時，一切的奇蹟都會淪為平凡。她接著說：

「在一九六〇年代，人類幾乎變成機器，地球迎來滅亡的次元當然也存在。因為宇宙有無限多個，肯定不會沒有。」

「……肯定嗎……」

「是的。肯定。這不是超自然或科幻，是科學的說法。因為──」

她望向天空。

「──你聽見我們的故事時，世界就油然而生了。」

這句話一說出口，獅子乃妹妹就睜大眼睛。她摀住嘴巴，反覆咀嚼從自己口中說出的話語。彷彿不敢相信自己所說的話。

「怎、怎麼了？」

「……沒事。」

她還有點困惑。

「總覺得很順口。」

「咦？」

「我以前好像也跟誰說過這句話……不對，就像說過好幾次……」

獅子乃妹妹皺起眉頭陷入沉思。類似既視感嗎？

「……啊，話說回來——」

我想起來了。儘管可能沒什麼意義，還是跟她說一下吧。

「夢裡不是出現了『摩奴之船』嗎？藍色的大船。」

「嗯，莎辛坐的那艘船。」

「摩奴之船」是在一九六〇年的橫濱，藍色隕石往地球墜落時，突然出現的方舟。由名為莎辛，帶著鮮豔骷髏面具的少女所駕駛。

「是不是有人說過……那是能跨越次元的船？」

獅子乃妹妹睜大眼睛看著我。

「……不，我沒聽說過。大吾少爺是聽誰說的？」

她叫我大吾「少爺」。她沒發現嗎？

「我也記不太清楚。」

與其說記不清楚，不如說不知道。在一九六〇年代的世界看到摩奴之船時，我確實感覺到「它利用巨大隕石的重力，強行在次元撬開一個洞」。可是現在看來，我不明白自己為何會這樣想。

「唔嗯。」

思考片刻後，她接著說：

「算了，想這個也沒意義。」

「咦？」

「因為那些事都過去了。前世如何，跟我們沒關係吧？我成了你的姨妹，你成了我的姊夫，跟姊姊一起三個人過著幸福快樂的生活，可喜可賀、可喜可賀。結束。對吧？」

有求知欲是很好啦——她笑著說。這女孩真的好早熟。她真的是國三生嗎？知識量遠勝於我耶。難怪會跟結衣氣味相投。

「比起這個，現在得先解開房租的謎團。」

「……妳打算解開這個謎團啊。」

「因為我沒辦法住在不知道有什麼內情的房子裡。」

「我是會假裝沒發現的類型。」

「你的確是這種人。」

她一副跟我認識很多年的態度說，然後猛然閉上嘴巴。可是馬上又以似笑非笑的笑容掩飾過去，俏皮地跳下窗框。

「啊，獅子乃妹妹，妳的衣服沾到灰塵了。」

好一段時間沒打掃的這棟房子滿是灰塵，窗框也不例外。純白的灰塵在獅子乃妹妹的裙子上留下一條線。

「咦？哪裡、哪裡？在哪裡？」

她拍拍裙子。

「我看看。在更下面的位置。」

「沾到很多嗎？」

「啊——還滿多的。」

「大吾先生，可不可以請你幫我拍？」

「咦？」

「臀部。我自己看不到，可以請你幫我拍掉灰塵嗎？」

她轉身背對我。

「……」

不是，咦？這是怎樣？那纖細的背部是怎樣？拍裙子。呃……用手嗎？用我的手？拍獅子乃妹妹的小屁股？我？直接？接觸？這個——

（這個叫做犯罪吧？）

我不禁盯著獅子乃妹妹的屁股。彷彿輕輕一碰就會折斷的細腰下方，是小巧好看的屁股。裙子隨著它的動作輕輕搖晃，視線不受控制地被吸引過去。

「大吾先生？」

「呀啊！」

她轉身跟我對上目光的瞬間，我發出奇怪的聲音。好想切腹。就在此刻。

獅子乃妹妹愣了下，然後瞇眼瞪著我。

「你不是因為我是小孩子，沒把我當成異性看待嗎？」

「……唔唔唔。」

臉頰好燙。太大意了。有夠糗的。

「請你不要想歪，這樣很噁心。」

我認真反省。

「大吾，你怎麼了？」

我來到室外，好讓發燙的臉頰降溫。在我喝著自動販賣機賣的罐裝咖啡時，結衣不知何時出現在我背後。是來找我的嗎？

「獅子乃妹妹剛才帶著很壯觀的表情衝進洗手間。」

「壯觀？……噢，是輕蔑吧。」

「不，是跟蘋果一樣紅，少女般的……不講這個了。」

結衣晃著紅色書包笑了笑。

「所以，你覺得這間房子如何？」

「我先問個問題。為什麼房租這麼便宜？」

「因為它是心理瑕疵物件——也就是凶宅。」

我想也是。我就知道。早就覺得是這樣了！這麼好的房子哪可能無緣無故那麼便宜！絕對有鬼！

「話說怎麼又是這種發展啦！」

之前社長委託我處理的工作也有點靈（※靈異的意思）。記得當時是直銷系宗教害的。

「不過正確地說，這裡並不是凶宅就是了。」

「……妳的意思是？」

「心理瑕疵物件，簡單地說就是之前的房客自殺了、死於非命，或是一般的自然死亡。總之居民死了就算瑕疵物件，有義務告知。」

「聽說先給其他人住過後，就可以不用跟下一位居民說。」

「那是都市傳說，沒有那種標準。」

據她所說，心理瑕疵物件的告知義務期間，沒有明確基準的樣子。不告訴房客隔壁房曾經發生殺人事件的房仲好像也不少。

「再說這棟房子——並未發生過房客死於非命的事件。」

「……沒人死？明明是凶宅？」

「嗯。至少這一百年沒有。」

「一百年……有紀錄嗎？」

「我不是說了嗎？這裡原本是寄宿學校。」

對喔，之前是給就讀於國際學校的小孩子住的。

「一般的公寓總會有個自然死亡或孤獨死的房客，這很正常。因為人遲早會死。某方面來說，沒死過人的土地根本不存在。」

「有道理。」

「不過這裡是寄宿學校，之前住的是小孩子。即使生病，也會死在醫院或家裡。這棟房子也沒有意外死亡的紀錄，所以一九一〇年～一九六〇年之間沒人死過。你知道嗎？以前發生過橫濱大空襲對吧？這一帶是外國人街，所以沒被盯上，傷亡也不多。」

這棟房子變成一般住宅，是六〇年代以後的事——她輕聲說。

「所以，問題從這裡開始。七〇年代以後，也就是所謂的第一次神祕學熱潮的時代。」

「我知道。七〇年代超流行靈異現象或超自然現象對吧？記得諾斯特拉達穆斯的預言和裂嘴女，也是在七〇年代開始流行。」

結衣點點頭，拿出智慧型手機的畫面給我看。

『近距離調查怪奇·通靈館的狂氣。』

『真的聽見了？錄到了跟人說話的怪聲！』

『靈能者竹下光河認為，那是自殺者的怨靈。』

螢幕上顯示著七〇年代的雜誌和電視節目的片段。節目上請到的好像都是神祕學迷。我往下滑動螢幕，看到我們正在參觀的房子。

「通靈館？」

「這棟房子有幽靈喔。明明這一百年來都沒死過人。」

結衣晃著紅書包談論小孩子應該會害怕或好奇的話題，對房子投以不耐煩的目光，彷彿這件事對她而言極其無聊。

「現在還是會有神祕學狂熱者來看，麻煩死了。」

「原來如此。它搭上七〇年代的神祕學熱潮，傳出奇怪的謠言。」

所以才會沒死過人，卻被稱作凶宅啊……來自外人的眼光。好奇的視線。一直被人加油添醋的謠言。無論真假，對居民來說都只會造成困擾。

結衣卻搖搖頭。

「不只謠言。」

「咦？」

「真的有幽靈出現。」

她可恨地啐道：

「聲音。因為聽得見『聲音』。明明空無一人，卻會傳來人聲。家人以外的其他人的聲音。每位居民都聽得見那個聲音，毫無例外。」

我反射性地望向那棟房子。不久前還覺得是適合高雅元町的古老洋房，現在則不這麼想。隱約感覺得到陰暗、詭譎的寒意。

「好像沒人有辦法在這棟房子住超過一年，所以當然沒人死在這邊過。最長三個月，最短十二小時。房客總是過沒多久就搬家，所以我們也不知道該怎麼處理。」

大家三個月就搬走了，難怪房租低得嚇人。

「笨哥哥說：『大吾先生肯定會想辦法。』」

你當我仙道嗎？咦？我反而想問那個人為何對我評價這麼高？真神奇。

「順便問一下，你對鬼屋有什麼看法？」

「……嗯，老實說——」

我想了一下之後說：

「沒差吧。假如有聲音，就代表那個幽靈有話想說。既然如此，我想試著幫助他。畢竟這也是一種緣分嘛。」

結衣目瞪口呆。

「笨蛋。這個人是笨蛋。為什麼要站在幽靈那一邊啊？我不是在跟你講這個。」

「因、因為他六十年來都在跟人說話耶！很、很可憐。」

「咯咯……呵呵呵。」

有奇怪到連小孩子都會笑嗎？是怎樣啦。呿！

「你人太好了。還有點不正常。不過我就是喜歡你這一點。」

「是是是，那還真是太好了。」

「乖孩子、乖孩子。要繼續當一隻笨狗狗喔。」

結衣帶著傾國美女般的笑容撫摸我的頭。為什麼小孩正在摸我的頭啊？雖然她的精神年齡似乎遠比我成熟。

好不甘心，因此我決定用力揉她的頭。她發出可愛的尖叫聲。

說實話，這是棟好房子。話雖如此，畢竟還有幽靈的問題要處理，不能讓我自己決定。於是我跑去跟兔羽和獅子乃妹妹商量。

「那種不科學的東西並不存在。」

「好好玩的樣子！」

她們的反應如上。哪句話是誰說的，應該不用說明吧？

「地下室好大，超讚的。去看一下嘛。」

由於兔羽這麼說，我便走下短短幾階的樓梯。地下室的灰塵更多，獅子乃妹妹不想弄髒

身體，所以沒有跟來。

「哦哦，確實不錯。」

空蕩蕩的水泥牆地下室。拿來當倉庫正好合適。

（……這麼說來，我家也有這樣的房間呢。）

我忽然想起這件事，覺得不太對勁。不，不可能。我小時候住的是公寓，不可能有地下室。那麼這股鄉愁從何而來——

「一九六〇年代世界的……我的老家嗎？」

在地球被藍色隕石毀滅的那個世界，我的老家是橫濱的老舊透天。

（印象中奶奶的虛擬化身泡在人體保存液中，在地下室排成一排。我小時候會怕得不敢一個人進去。）

奶奶一天到晚在換虛擬化身。有時是柔軟的貓咪，有時是只有頭部是汽車的蜘蛛，是個愛打扮的人……以當時的價值觀來說啦？

（好懷念。不過都過去了。）

獅子乃妹妹也這樣說。儘管發生了許多事，世界滅亡了，我、兔羽和獅子乃妹妹如今可以幸福快樂地一起生活，可喜可賀、可喜可賀。未來我能做到的，就是努力守護那個「可喜可賀」吧。我很清楚那該有多辛苦。

「要加油才行呢。」

多了兩個家人。為了讓她們幸福——

『加油喔。』

「咦？」

我轉過頭，眼前是空蕩蕩的水泥牆地下室。

光線昏暗，從入口處透進的陽光是唯一的光源。

「有人嗎？」

無人回應。我想起結衣剛才說的。房客說會聽見「聲音」。無一例外，會聽見有人在說話，儼然是小孩子說的怪談。

「是錯覺嗎？」

本能告訴我並非如此。不是錯覺。有聲音。有人在說話。在跟我說話。我努力在黑暗中側耳傾聽——沒有那個必要。

「這是什麼？」

沒有側耳傾聽的必要。只要定睛凝視即可。黑暗中，空曠的地下室中心，長出純白的物體。白色的。形似珊瑚或菌絲的纖細物體從那裡伸出來。

「……——手。」

地上長著一隻美麗的右手。

「……」

無聲。無音。

（我看過這隻手。）

感覺快要過度換氣了。心臟好燙。眼冒金星。這種情緒是什麼？單看質感的話類似於慟哭。然而我不知道原因。

『終於見到你了。』

我握住雪白的手掌，耳邊便傳來某人的呢喃。

——突然聽見鐘聲。雖然那肯定是錯覺，卻實在太有真實感。與此同時，彷彿被強大的重力吸引，有種世界扭曲的感覺。有什麼東西進入到我的腦海。大膽且猖狂地。

那是記憶。我的記憶。遙遠往昔的記憶跑進了我心中。

☆

——我們最愉快的比賽結束了。

在漆黑宇宙的中央，純白髮絲的她環著我的腰。

「有件事想問你。」

宇宙空間沒有聲音。我們能聽見彼此的聲音，僅僅是反重力服的效果。耳朵只聽得見她的聲音。我所愛女人的聲音。

「……什麼時候要閉眼睛呢？」

我的妹妹——千子獅子乃抱緊我的腰，滿臉通紅瞪著我。身上最大的特徵獅子耳朵高高豎起，明顯在緊張。

「咦？什麼東西？」

「就、就是……我在書上看過，接吻的時候，閉上眼睛才有禮貌。」

所以什麼時候要閉眼睛？——她問。那一本正經的個性實在太可愛，很像她會做的事。

我用力抱住獅子乃的身體。

「哇……哇……」

少女甜膩的香氣竄入鼻尖。或許是因為關在密閉場所的關係，其中還參雜淡淡的汗味。

儘管她驚慌失措，卻沒有拒絕，露出泫然欲泣的表情抓住我。

「把眼睛閉上。」

「嗚喵……」

她羞得面紅耳赤，緊閉雙眼。跟小孩子一樣，害我不禁失笑。不對，實際上她比我小三歲，照理說還只有十八歲，確實是小孩沒錯。

「嗯……啾……」

我強行吻上她的小嘴，溫柔地含住她的嘴唇。聲稱從來沒接吻過的她，緊張得嘴唇抿成一條線，這一點也很可愛。我想好好珍惜她。不過我這種小混混做得到嗎？

「呼……呼……」

或許是因為接吻的期間她還憋住呼吸了，我一離開她就喘著氣拚命攝取氧氣。看到我臉上的傻笑，她氣得瞪過來。

「你……親妹妹親得太認真了吧……」

她語帶哭腔，氣呼呼的。這個小鬼是怎樣？太可愛了。

「那麼──」

我的語氣跟以前看過的喜劇演員一樣。

「我們約好了對吧？我贏的話──」

她別開視線，不過立刻又面向我，紅著臉且大眼眼眶盈滿淚水，輕輕──真的很輕──點頭。

「……可以呀。畢竟我們約好了。如果我們贏了──」

我催促她說下去。經過百般猶豫，她才開口說：

「──我就是你的人。」

就在這個瞬間──

『ＢＭＣ！ＢＭＣ！ＢＭＣ！ＢＭＣ！』

如雨般的光線！如雨般的聲音！從天而降的如雷歡聲！

上萬盞聚光燈照在我們身上。全宇宙的人都透過螢幕，凝視以光速奔跑的我們。放聲吶喊。高舉拳頭。

『就在剛才！競技審查委員會宣布結果了。根據錄影畫面的判定，冠軍是——』

紅髮主持人聲嘶力竭地大叫。

她緊張得在我懷裡發抖。是在為我們祈禱勝利嗎？我倒覺得無所謂。

『冠軍是——十八號！十八號！冠軍是「Be More Chill」隊！』

歡呼聲立刻炸開。

「萬萬萬萬萬歲——！」

「哇！」

我嚷嚷著讓獅子乃坐到肩上。她的獅子耳朵抖來抖去，靦腆地笑了。無限大的寂靜宇宙空間中，只有我們兩個高舉拳頭、放聲歡笑。

「是我們贏了！」

「是的！是的！我們贏了！」

住在探索過的銀河的所有智慧生物，看到興奮的我們紛紛歡呼。可見這場比賽有多壯觀。勝負無人能知的大激戰、大混亂，是這個世紀最精采的決鬥。

『D！』

聲音應該是從我身上的反重力服的廣播器傳來。我東張西望，一臺鮮紅色的機器撕裂漆黑的宇宙。

「哈哈哈！看到沒？紳士！是我們贏了！要去中央的人是我們！好爽！爽爆了，你也是！哈哈哈哈哈！白痴東西！」

『嗯。是啊，D。太精采了。不過——』

和我們展開激戰的戰友——克蘇魯紳士，從神似章魚的臉上伸出扭來扭去的觸手，優雅地笑了笑。

「怎樣？還想找藉口嗎！」

『前三名的選手都能去中央喔。』

「咦？」

我望向巨大螢幕顯示的比賽結果。第一名是「Be More Chill」（我們的隊伍）。第二名是「中庸騎士團」。第三名是……「有趣的舞者」。呃，不就是紳士嗎！

『就是這樣，D。休想贏了就跑。下次我不會輸。』

「正好！下次我也會把你狠狠甩在後頭！因為我們是最快的選手！」

他的機體「海洋紳士」遠離我們且加快速度，轉眼間便消失不見。這也是當然的。那可是能以超高速在宇宙中狂飆的機體，其速度不同凡響。而在宇宙史上最快的比賽中奪得優勝的選手，就是我們。

「欸。」

獅子乃在耳邊呼喚我。我還沒回應，頭部就被溫暖的觸感包覆。是她的體溫。她騎在我肩上，抱緊我的頭。

「……謝謝你。」

「嗯。」

「真的謝謝你。」

「要謝就謝它吧。」

我有點難為情，講出超老套的臺詞，結果更羞恥了。可惡。

可是獅子乃沒有挖苦我，凝視我們腳下的機器。

「謝謝妳，Sena。」

宇宙賽車用機器——Sena。我最棒的純白廢鐵沒有回應，以不會甩掉我的速度，持續在漆黑的星海中奔馳。

「不過，這只不過是剛開始，請你不要鬆懈了。我們只是在鄉下地方的比賽中獲勝。想拯救地球——」

「我知道。要在中央奪得冠軍才有意義，對吧？」

她講過好幾次。「我想拯救地球。請你幫助我」這種B級片女主角會講的臺詞。

「……可、可是，約定……就是約定……」

她的聲音細不可聞。

「我會遵守約定，成為你的人。」

我想看看她的臉。一定跟平常我對她示愛的時候一樣，紅得像顆蘋果，眼睛水汪汪的。好想看。早知道別讓她騎在肩上了。

「嗯。以後要叫我主人。」

「笨蛋……我只是跟你交往而已。只是成為戀人而已。是男女朋友。對等的關係。我成為你的人——」

「嗯。」

「——代表你也是我的人。」

這樣很公平。在漫無邊際的宇宙中，我們只想著對方，真是太棒了。妳也這麼覺得吧？說到宇宙最棒的東西，就是賽車和戀愛。只要有它們，就足以讓我笑著過活。

「走吧，搭檔！」

「要去哪裡？」

「宇宙的邊緣！沒人看過的地方！」

「呵呵呵。你真傻。」

她無奈地笑著，同時輕聲說：

「……不過，如果是跟你一起，那樣或許也不錯。」

我看著廣闊無垠的宇宙，用比任何人都還要快的速度奔馳，想像世界的盡頭。

——那是宇宙曆三七二一年，十七月二十一號的事。

第三話　越了解弱小的人，越可以像嬰兒一樣跟她撒嬌。

——然後，我睜開眼睛。

這裡是哪裡……地下室？沒錯。我在元町找新的租屋處。

「……大吾先生？你怎麼了？」

清澈如冰的聲音令我驚訝得回過頭，不久前還緊緊抱著我的少女站在眼前。少女——獅子乃妹妹擔心地觀察我的臉色。

「獅、獅子乃妹妹，其實——」

我說出剛才看到的景象。無限大的宇宙光芒，以及撕裂空間奔馳的賽車。我和獅子乃妹妹是搭檔，是戀人，為了拯救地球，參加全宇宙最亂來的比賽。

「……別的前世？怎麼可能。」

聽完我說的內容，她目瞪口呆。不意外。本以為「前世」這個話題早就已經結束，然而不只有那一次。

「我和大吾先生前世是戀人嗎？」

妳在意的是這部分啊？

「而且我們好像是親兄妹。」

「兄、兄妹！那不就是禁忌的戀情……」

「不，那個世界的兄妹，意思大概跟我們的世界不一樣。」

根據我模糊的印象，宇宙曆三七二一年的人類，人工授精的成功率應該是百分之百。懷孕被當成上個時代的產物，人類都是由試管和培養液所製造。

我和獅子乃妹妹在地球的同一間「工廠」被製造出來，在那個時代會將這種關係稱之為「兄妹」。只要我沒記錯。

「我跟你是兄妹兼戀人的次元……」

「嗯、嗯。」

拜託不要過於強調那部分。我會想歪。

「做了哪些事呢？」

「咦？」

「我們。」

「……呃，很普通啊。」

「普通？跟普通的戀人一樣？有接吻嗎？」

「接吻……嗯。有。」

「這樣呀。」

她冷冷地低聲說。不愧是獅子乃妹妹。緊張得語無倫次的我顯得像個白痴。又不是小孩子。可惡。

「妳頭上還有一對貓耳。」

「咦？」

「不對，那是獅子的耳朵吧……很適合妳。很可愛。」

「……你有那種嗜好啊？」

她瞇眼瞪著我輕聲呢喃：「原來如此。」

「這件事最好別跟姊姊說。」

「……是這樣嗎？」

「是的。兩位正面臨關鍵時期對吧？所以姊姊看到你跟我接吻的時候，才會陷入恐慌狀態，才會受傷。我認為沒必要製造無謂的事端。」

「可是，做人不是應該誠實嗎？」

我想告訴兔羽這件事。應當如此。

「做人誠實，我和你前世的戀人關係就會一筆勾銷嗎？」

「……唔。」

「你再怎麼努力，都無法改變這個事實。你再怎麼誠實，我和你都牽過手、親過嘴，做過更進一步的事。跟姊姊說這個做什麼？除了傷害她，還有任何意義嗎？」

獅子乃妹妹接著說：

「就只是你可以坦承真相，樂得輕鬆罷了。」

「……唔。」

「只能讓你減輕自己的罪惡感吧？」

我試圖反駁，卻無言以對。因為她說的是合理的正論，我則是感性行事。她說得沒錯，即使我告訴兔羽真相，也不會改變事實。肯定只會傷到她。

「……可是我還是要跟她說。」

「為什麼？」

「因為我是她的丈夫，不能對她有所隱瞞。就算這麼做對她不會有好處——既然有愧於心，就該告訴她。」

比起理論，更接近我的經驗法則。反正謊言總有一天會被拆穿。儘管人類的直覺跟野生動物比起來微不足道、不怎麼可靠，卻不能小看。重點在於要維持能夠互相信任的關係。

「……雖然我這個離過一次婚的傢伙，好像沒資格高談闊論。」

我露出苦笑，獅子乃妹妹便帶著一如往常的冰冷表情凝視我。

「……如果你更懂得處世之道就好了。如果你更聰明就好了。」

「沒辦法。因為我很笨。」

「笨——蛋。」

她直盯著我。

「……笨——蛋。」

獅子乃妹妹溫柔地笑了笑，輕輕踹了下我的腳。

「咦？前世？不關我的事，你們兩個自己解決就好。別把我扯進去。」

於是我立刻展現誠實的個性向兔羽報告，當事人卻摀住耳朵，大叫著不肯聽。

「兔羽，聽我說，我和獅子乃妹妹前世又——」

「啊——啊——啊——！我聽不見——！不關我的事！」

「妳是小孩嗎？」

「我是女高中生。」

明明就聽得見。

「大吾，說起來，你太小看了。」

「咦？小看什麼？」

「我的逃跑癖。」

「原來是這個。」

兔羽挺起胸膛。

「——不想面對的事情，我都直接不去面對！」

「別為這種事自豪。」

「我會視而不見！全是為了我的心理健康！」

我的妻子真是個正直（往反方向）的人。

「我一點都不想知道對自己不利的事實。這種事情請你們在祕密的地下室解決。因為就算知道蜥蜴人在暗地操控世界這個真相，我也不會在社群網站上發表，而是每天渾渾噩噩地過日子。懷著只看自己想看的部分活下去的鋼鐵意志。」

「兔羽啊……」

「那憐憫的眼神是怎樣？」

好脆弱的心靈。我一定要守護她……

如此這般，她不知道我在內心流淚看著她，面露疑惑。

「再說大吾……你和獅獅前世怎麼樣，跟我有關係嗎？」

「咦？」

「你、你喜歡的人還是我吧？」

她紅著臉瞪過來。畢竟她是會不好意思講這種話的人。

「嗯，我喜歡妳。」

「……那就行啦。」

這樣就行了？是喔？的確，我說不定還不夠了解兔羽。她的想法跟外星人一樣，跟我的觀念完全相反。

不過正因如此，我才會喜歡上她。透過電話，愛上這顆心。

「你該專注的！不是那個！而是愛的任務吧！」

「那個丟臉的名字正式採用了嗎？」

「等級一——接吻！我們是夫妻，卻連那、那種小事都做不到。」

她害羞得汗如雨下，用力指著我。

「你要給我多羅曼蒂克的第一吻，給我仔細想想！」

我的妻子是怎樣？會不會太可愛了？她想要羅曼蒂克的第一吻啊？真意外她居然有這種少女的嗜好。哇——真的假的。萬萬沒想到。那麼我得加油了。

「你、你在笑什麼！」

因為別看我這樣，我其實還挺煩惱的。懷著要講重大事實的覺悟來找她說話，結果卻是這樣。

（那麼美麗遼闊的宇宙，在兔羽面前顯得好渺小。）

我再度感覺到，她是個神祕的人。想要更了解這個人。這肯定就是愛。我這種粗人，好像不適合這樣的獨白……

「羅曼蒂克的吻，知道了！我一定會賭上男人的矜持達到妳的要求——藉由燃燒我的大和魂！」

「大吾，你真不簡單。天生的男子氣概讓你跟羅曼蒂克兩字超級不適合。」

「下星期，妳願意跟我約會嗎？」

「咦？」

「我會在那天攻陷妳。」

「……」

她別過頭。

「放馬過來。我會讓你輸得體無完膚。」

她的聲音跟小嘍囉一樣顫抖不已。我忍不住笑出來，她便握拳輕捶了我的肩膀一下。

■

「嗚喵——♡」

我笑得合不攏嘴。時間是中午。地點在學校。我和摯友——美美一起裹著電熱毯，獨占頭頂無邊無際的藍天。

「怎麼了，阿兔？最討厭的人死了？」

「妳這傢伙以為我是這樣的人嗎？」

好難看。好沒形象。我心裡這樣想，嘴角卻不受控制地揚起，露出傻笑。

「我的丈夫說要帶我出去約會。」

「哦——要去哪裡？」

「羅曼蒂克的地方♡」

自己講出來怪害臊的，我不自覺地扭動身軀。羊美面無表情。

「妳跟那個劈腿的丈夫和好了啊。」

「對呀——♡」

「……妳幸福就好。」

因為大吾說要挑戰愛的任務嘛。這代表下次約會時，他會跟我第一次接吻。即使是少女力偏低的我都忍不住少女心全開、小鹿亂撞，原來我也有這樣的一面。

「Ｋｉ、Ｋｉｓｓ要怎麼做才好？」

「我不知道可以請妳不要那樣講話嗎？」

「因為男人不是會主動靠近，像這樣抓住妳的肩膀嗎？」

「喔、喔。」

「然後會叫妳把眼睛閉上……」

「會嗎——？」

「他、他不說的話，我怎麼知道什麼時候要閉眼睛！」

「阿兔，妳真的很缺乏戀愛經驗耶。」

跟他接吻。光是想像就令我心跳加速、笑個不停，而且胸口揪緊。儘管如此，我也有同等的緊張、困惑以及煩惱。

「那麼美美，閉上眼睛後，我該怎麼做才好？」

「等他親妳不就得了？」

「像這樣嗎？嗯……」

「哇！妳等人親的表情有夠醜。哈哈哈哈哈。」

「對吧——！我絕對不希望他這樣想——！」

閉上眼睛，噘起嘴巴。像等待王子的公主，等待對方來親。真的假的？全宇宙的戀愛市場，真的都在提倡那麼羞恥的行為嗎？

「原來如此。難怪妳今天一大早就飄飄然的。」

美美嘆了口氣接著說「沒差吧？」，我就是喜歡她這一點。跟她相處輕鬆愉快。她笑了出來。

「可是站在幸福頂端的時候，更容易掉進洞裡吧。」

「……我討厭這句話。」

我並沒有特別喜歡這一點。

（而且說到洞，我不是沒頭緒。）

那個前世。在這件事閃過腦海的同一時間，一滴水滴到我頭上，觸感類似魚鰭的東西撫過臉頰。

「下雨了？」

被水濺到的美美疑惑地仰望天空，然而神奈川今天是晴天。

「欸，那裡，我們的正上方，大概在五公尺高的地方，是不是有人魚飄在空中？」

「……阿兔，妳的腦袋終於壞了嗎？」

美美好像看不見。在我眼中，色彩鮮豔的粉色系人魚正在盯著這邊。太過鮮明。一副真的存在於現實世界的樣子。

『……——』

人魚的嘴巴一開一合，似乎有話想跟我說。

我瞇起眼睛，努力讀她的脣。會飛的人魚。她連呼吸都不會嗎？

『不 可 以 跟 他 接 吻。』

總覺得她在對我這樣說。儘管我認為是錯覺，八成不是。

我沒有吐槽她在說什麼鬼話。作為替代，我脫下鞋子用力扔過去。

美美錯愕的表情戳到我笑點，導致我忍不住笑了出來。

我──千子獅子乃放學後繞到伊勢佐木町的有隣堂，買了幾本書。

（話說回來，好久沒逛這麼大間的書店了！）

除了原本的目標，我還不小心買了好幾本書。恰克·帕拉尼克的《倖存者》、澤村伊智老師的《邪臨》，還有二丸修一老師的《青梅竹馬絕對不會輸的戀愛喜劇》的最新集。某種意義上來說，我也算是青梅竹馬，值得從中學習。

最後我買了十五本書，提著店員幫我裝了兩層的紙袋，後悔自己買太多了。這些書成了沉重的負擔。

「……啊。」

然後我發現了。有隣堂附近有家看起來很好吃的咖哩麵包店。名字叫做「爆餡莫札瑞拉起司咖哩麵包」。肯定很美味。

（今天就是買來吃的好機會。）

上次義母去女僕咖啡廳工作帶給我太大的震撼，害我忘記去買，不過我的小小挑戰仍未中斷。這是我人生的支線任務。

（可是我拿著一堆書……再買咖哩麵包來吃，好像太放肆了……）

這無疑是攸關生死的問題。身為千子家的人，我有義務維持瀟灑的形象。最重要的是自尊心。尊嚴的問題。嗯——嗯——

「不好意思，我要兩個咖哩麵包。」

我站在店門口煩惱時，有個大姊姊颯爽現身，帥氣地買了咖哩麵包。我也照著做就行了。我鼓起幹勁——原本這麼想，那個大姊姊卻懶洋洋地看著我，將咖哩麵包遞過來。

「來，獅子乃妹妹，這個給妳。」

「咦？」

我對那慵懶的眼神有印象。因為那個人是我目前借住的上海莊房客——顏熙涵小姐。

「謝、謝謝。」

我接過咖哩麵包，顏小姐笑著對我甩甩手。

（顏小姐今天的服裝風格，跟平常不太一樣呢。）

她平常都穿著輕飄飄的可愛衣服，今天則是頗為正式的服裝。我們坐到附近的長椅上吃起咖哩麵包。這次也沒能完成任務！

「獅子乃妹妹，妳買了什麼？」

她這麼說著，沒等我回答就打開我的紙袋查看內容物。

「……卡夫卡的短篇集、橫溝正史、輕小說和科幻小說。沒想到妳看的書這麼雜。」

「最近想要什麼類型都看一看。」

「原來如此啊？我看看還有哪些書……咦？這是……」

她注意到的是一本新書。

「《在日本真實發生過的恐怖都市傳說讀本》？」

「啊，那是——」

「為什麼要買這種怪怪的書？雖然的確是國中生會愛看的東西。」

我向她說明，我打算跟大吾先生和姊姊一起搬家，新房子是所謂的凶宅，會傳出類似怪談的謠言。

（……而且——）

「……！」

「跟大吾說的前世有關嗎？」

唔嗯——聽我說明完，顏小姐點點頭低聲說。

我難以啟齒的話被她完全說中，心生動搖。

（大吾先生居然把前世這種胡言亂語跟其他人說。）

通常會害羞或覺得對方不肯相信，不跟其他人說。這代表大吾先生很相信顏小姐嗎？

「大吾先生說他在那棟房子握住白色的『手』，然後又看見前世的記憶。」

這個「前世」現象究竟是什麼，差不多該著手調查了。雖然有五成以上是我的興趣使然，我想確切掌握自己的處境。

（……而且，我好像跟大吾先生接吻了。）

畢竟在一九六〇年代的世界，我們直到最後都沒有接吻。在大吾先生看見的新前世——

「宇宙曆三七二一年的世界」，我們不僅接吻了，還是明確的戀人關係。

我肯定會想看了。有沒有辦法讓我也能夢到前世呢？

（這麼赤裸裸的慾望，我怎麼可能說得出口……）

「是喔。」

這個嗎？——顏小姐翻著都市傳說的書咕噥。

『K縣的「通靈館」。因為靈能者竹下光河先生看到幽靈而出名。』

看到那行字，她瞇起眼睛。

「竹下光河。什麼嘛，原來是這傢伙。」

「妳聽過這個人嗎？」

這個人是二流的詐欺靈能者——她低聲說。

「不過我記得這傢伙……」

顏小姐拿出智慧型手機按了幾下。

「喔，果然。一九七四年以後他就沒有活動紀錄。他不當靈能者了。」

「一九七四年是……」

「剛好在通靈館看到幽靈的時候。」

她點點頭，用智慧型手機打電話給某人。

「喂？我是顏……對。對。當時謝謝您的照顧。有件事想拜託您——是的，想找一個人。他叫做竹下光河，您那邊有人認識嗎……啊，這樣啊。原來如此。原來如此。沒有啦，有點事想問……好的。啊，謝謝。」

顏小姐掛斷電話，隨後轉頭望向我。

「獅子乃妹妹，要現在去見他嗎？」

「……咦？」

「去見竹下光河。確認五十年前，在那棟通靈館發生了什麼事。」

她懶洋洋地咧嘴一笑，吃掉剩下的咖哩麵包。

車子裡迴蕩著巨響。好像是「Skillet」這個國外樂團的〈Feel Invincible〉。我坐在搖來晃去的副駕駛座上，眼睛眨個不停。

「竹下光河。我聽過這個人。不只是因為他是靈能者。他應該是某個白痴邪教的創始成員，拿在某個農村過著澈底自給自足的生活之類的當宣傳詞，不過聽說失敗了。我曾經去那附近收集情報。」

如此這般，顏小姐向我說明，我卻仍未理解這個狀況。甚至連咖哩麵包都還沒吃完。

「顏小姐，妳喜歡車嗎？」

「啊？為什麼這麼問？」

「因為這輛車是外國車對吧？」

看到停在停車場的這輛車時，我嚇了一跳。明顯不是國產車的扁平形狀。老舊卻保養得很好的車身。

「上年紀的雪佛蘭羚羊。我爸喜歡的車。他去世時讓給我的。」

她戴著鮮豔的墨鏡抽著菸，異常適合這輛古董車。這輛車裝的還是CD播放器，所以收納箱裡放著滿滿的CD。由於是左駕，害我坐在右邊的副駕駛座坐立不安。

「獅子乃妹妹，明天學校放假對吧？」

「咦？是的。」

「那就沒問題了。記得跟家人說一聲，今天要在外過夜喔。」

「……咦？」

「竹下光河住在富山縣的冰見市。開到那邊的時候，天應該已經黑了。這個時期的北陸還會下大雪，我不想在晚上開山路，找個地方住吧。」

我完全沒做準備耶？

「放心。只要有便利商店，就活得下去。」

我也完全沒做好心理準備耶？

「我姑且先寄了一封信給他，說我會去拜訪。現在這個時代其實打視訊電話也行，不過還是有差。不親自跑一趟就不知道的事情太多了。」

「顏小姐是偵探嗎？」

「啊？我看起來像在做那種可疑的工作？」

「對。」

顏小姐哈哈大笑。

「我是寫手啦。從風俗業到妖怪、怪談、黑道的傳聞，什麼都寫。寫作速度比人快三倍，因此受到重用，不過只是個二流寫手。」

所以才能透過介紹跟竹下先生見面嗎？

「這次是第二次跟妳一起過夜嗎？我記得很清楚喔，第一次正好是我從美國回到日本沒多久的事——」

「美國？妳之前住在美國嗎？」

「嗯，沒錯。我沒來由地想去百老匯工作。雖然勉強在一個小劇院的公演拿到角色，成果慘不忍睹……不如說過程慘不忍睹……總之就是慘不忍睹。我覺得我想做的不是這個，就回日本了。」

（……好有行動力的人！）

像我光是在路上買東西吃，就要花好幾天，顏小姐一個心血來潮就跑去美國，因為有點好奇就去富山縣過夜。

現在年輕的我需要的，是否就是這種莽撞的行動力呢？

「那麼獅子乃妹妹，妳打算怎麼做？」

「什麼意思？」

「妳真的要去嗎？要我直接送妳回家也行。」

「……要去。」

「哦？沒想到妳挺識相的嘛。」

我根本不知道見到竹下光河這號人物，會知道什麼。不過現在的狀況太有冒險的味道，我不小心興奮起來。

前往從來沒去過的北陸，見自稱靈能者的人。可疑的大冒險！

「好——！機會難得，去吃好吃的東西吧——！」

「冰見有什麼好吃的嗎？」

「說到冰見就是寒鰤嘍！」

「寒鰤……！」

「鰤魚涮涮鍋！」

「太罪惡了！」

腦中浮現我在涮鰤魚，喝螃蟹湯的鮮明妄想。

「鰤魚自不用說，北陸的日本酒很好喝喔。啊啊，美麗又美味的螢火魷！」

「哇哇哇……好像還有冰見牛這種品牌牛！」

我的本能在吶喊。想吃美食。想吃寒鰤。

「鰤魚涮涮鍋！鰤魚涮涮鍋！」

「鰤魚涮涮鍋！鰤魚涮涮鍋！」

就這樣，我們決定去冰見吃鰤魚。

……不對。是去冰見見前自稱靈能者。

■

我和兔羽按照慣例，來到中華街的愛店——黃龍亭吃晚餐時，獅子乃妹妹打電話給兔羽。跟獅子乃妹妹講完電話後，她一臉錯愕。

「獅獅說她要跟顏小姐一起去北陸旅行。」

「……為什麼？」

「不知道。她說要吃鰤魚涮涮鍋，很興奮的樣子。」

我大概猜到了。獅子乃妹妹八成是被熙涵偶爾會發作的心血來潮和行動力牽連進去吧。

我也被抓出去過幾次。

「放心交給熙涵沒問題。那傢伙很喜歡照顧人，又習慣旅行。」

「……我是不擔心啦。畢竟獅獅是堅強的孩子。」

的確，以綜合能力來說，熙涵和獅子乃妹妹這個組合，應該比我和兔羽這個組合高數十倍。稱之為弱弱組合和強強組合也不為過。

「咦？話說既然獅獅不在，今天我要住哪裡？」

「弱弱組合的其中一半，又在講喪氣話了。」

「組合？」

兔羽歪過頭。好可愛。

「不是啦，大吾，因為我跟你結婚後，一直睡在妹妹的房間對吧？」

「……見面的第一天睡在我房間，是第一次也是最後一次的同居。」

「那我找間商務旅館住好了——」

我的妻子說出這種話。而我抓住她的手臂。

「住我家不就行了？」

「咦啊！」

「我準備了兩床棉被，也打掃乾淨了，方便妳隨時都能來——」

「……大吾，你一看就是別有所圖。」

我急忙放開她的手。

「不是別有所圖，這是一般常識。」

兔羽哼了聲別過頭。

「可是一起睡覺是等級二的任務耶。」

「我不會夜襲妳啦。畢竟我不想被妳討厭。」

「夜襲……！」

她瞪大眼睛，滿臉通紅。她自己都說我別有所圖了，我直接說出來，她又會往那個方向想，感到害羞。

「我、我可不怕喔！就算你偷襲我，我也只要擺出底特律拳擊架式就好！咻咻！」

她做出揮拳的動作。她真的好可愛，讓人忍不住揚起嘴角。老實說，我一開始就知道她會有這種反應，便苦笑著說：

「我知道，別緊張。今天我去住外面，妳睡我房間吧。」

「這、這怎麼行……明明是我太任性的錯！」

「總不能讓妻子睡外面，丈夫自己睡家裡吧？幫我顧一下丈夫的面子好嗎？」

兔羽欲言又止，應該是知道我不會對這個議題退讓。

「對不起喔。」

「沒關係。我喜歡妻子對我耍任性。」

「……嗯。」

她點了點頭，看起來有點愧疚，又有點高興。或許是專注力降低的關係，她直接把熱呼呼的小籠包放進嘴裡，被燙得哀哀叫。我將冰水遞給她。

兔羽吐出小巧的舌頭，同時眼角泛淚。好遜、好可愛。

「……大吾，跟你說喔。」

「什麼事？」

「我呀——」

她沒有看我，小口舔著玻璃杯裡的冰塊喃喃說：

「就算你夜襲我，我也不會討厭你。」

「……咦？」

「可能會嚇哭啦……可是不會討厭你……就這樣。」

這次換成我注意力不集中，把杯子裡的水灑了出來。

不會討厭我。

「……」

不會討厭我……

「唔，好險！」

我茫然回憶著兔羽昨天對我說的話，被紙箱絆到。

「……阿吾，你在幹嘛啊？」

來幫忙我們搬家的結衣傻眼地看著我。這可不行。我搖搖頭，繼續做事。

今天要搬家到「通靈館」。反正距離並不遠，就租了輛卡車自己動手來。兔羽跟同樣來幫忙的琳格特一起去買午餐了。

（不行，滿腦子都是雜念。）

兔羽——我的妻子說她就算被我夜襲也不會討厭我。這是什麼意思？在邀請我嗎？還是在引誘我？兔羽臉皮薄又喜歡逃避，這種時候我是不是該強勢一點……諸如此類的雜念。

「阿吾，你露出色瞇瞇的表情，好噁。」

「才、才沒有。」

我對小學生作出零分的辯解。

「對了，我之前遇到茜小姐了喔。」

我情急之下試圖故作鎮定，手裡的紙箱卻掉了下來。

「……速喔。」

順帶一提，聲音也在顫抖。

「唉呀，你也會好奇前妻現在過得怎麼樣嗎？」

「有、有有、有什麼好好奇的？我已經走在新的道路上，她應該也是。她的近況，嗯，與我無關。」

「她生小孩了。」

「什麼！」

「開玩笑的啦，討厭。呵呵，阿吾，你不是不好奇嗎？」

看來我被小學生騙得團團轉。話說這不是小學生使得出的騙人伎倆吧？結衣仍然帶著傾國美女般的笑容咯咯笑著。

「她過得很好。不過，聽說她的父親最近去世了。」

「……咦？」

「她跟我說準備葬禮很累人。」

茜的父親過世了嗎？儘管我跟他不怎麼熟，我記得他有來參加婚禮。看到穿婚紗的茜，他哭著大笑。聽到我說「我絕對會給她幸福」，他瞪著我回答「講這什麼廢話」。這樣啊，那個人去世了。茜是單親家庭，應該是獨自準備葬禮吧。

（她肯定哭了。哭得很厲害吧。）

茜是個可靠的人。不過那只是表面上，一個人的話光是感冒就會哭。我在時會勉強扯出笑容的美麗人兒。

看到她流淚，我會痛苦得無法自拔，努力安慰她，覺得自己必須保護這個人。這些有如遙遠往昔的記憶。

「我跟她說你再婚了，她嚇了一跳。」

「……她怎麼說？」

結衣對我投以帶有調侃意味的眼神，同時溫柔地開口說：

「『太好了』。」

不意外。我了解的她想必會笑著這麼說。她的表情鮮明浮現腦海。她是只有獨處時會哭泣的人。

「還有『要幸福喔』。」

我低下頭。

「我回來了——！」

「呼——我們買了一堆東西。最近很多店都有提供外帶，真是太好了。」

兔羽跟琳格特回來了。她們將便當和鹹麵包放到紙箱上，弄得塑膠袋窸窣作響。

兔羽忽然盯著我問：

「咦？大吾在哭！咦？你怎麼了！」

「才、才沒有！」

「結衣，不可以欺負我的丈夫。唉喲——怎麼啦？過來讓我抱一下——」

兔羽抱緊我的頭，我大吃一驚。還以為她沒辦法接受這種身體接觸，一下就會害羞，卻果斷地把我的頭摟進懷中。

「乖乖乖，好孩子、好孩子。好了——別哭嘍——」

「……就說我沒哭了。」

「嗯，對呀～……♡大吾是堅強的男孩子。我知道喔～♡」

咦？這突如其來的母性是怎樣？兔羽原來還藏有這樣的一面。當著朋友的面被妻子抱緊超難為情的，可是埋在豐滿的胸部中被摸頭實在太舒服，不可能動得了。好幸福。

「平常她那麼脆弱，所以看到比自己更脆弱的生物時會產生共鳴，想要保護對方。她平常就想被人保護，比誰都還要了解只要讓對方撒嬌，他就會靜下心來。」

結衣提供準確的說明。這女孩為何這麼懂人類？

「兔、兔羽，真的可以了。」

「是嗎？呵呵，害羞啦。」

被兔羽放開，我反射性清了清喉嚨，事到如今才試圖守住男人的面子。結衣和琳格特在後面看著我們竊笑。啊——該死，真的好羞恥。

（好想給兔羽幸福……）

（是說她的胸部好大喔喔喔喔喔喔！）

這兩個感想會同時浮現腦海，男人真是可悲的生物。人類不能只靠講漂亮話過活。讓我們懷抱慾望活下去吧，少年們。

「噢，對了——」

琳格特晃著金髮詢問：

「大門前有搬家公司耶？是誰呀？」

結衣一副突然想起的樣子。

「這棟房子的一樓不是你們家嗎？二樓也有人入住。」

那麼得去跟人家打聲招呼。我和兔羽走出家門。

「您好，我們是今天搬過來的……」

「主人？還有兔羽小姐……？」

在外面的是一名帶有褐膚的豐腴善良女子。她沒有穿著平常那套女僕裝，所以我沒有馬上認出來——

「費小姐？」

——是費婉・雷耶斯・弗羅勒斯。

出生於菲律賓的她看到我們，展露出笑容。

■

昨晚吃鰤魚涮涮鍋，今天早上吃鬆餅，今天午餐則是冰見牛。

「顏小姐，我們是為了什麼目的來到這裡的啊？」

「真的一下就會忘記耶。」

好可怕的行政區。冰見這座城市。富士這個縣。北陸這塊土地！

這個地方景觀美麗，還有漂亮的自然景觀，只不過由於交通不便，很難被人注意到，重點是食物超級好吃。鰤魚涮涮鍋口感彈牙，真的很美味。

「這裡就是竹下光河家嗎？」

我們來到位於深山，跟廢墟沒兩樣的農村。在中途看到高麗菜和白蘿蔔的田地，竹下光河先生家附近又特別荒廢，不像有人居住的樣子。

「妳看這個。」

顏小姐伸手撫摸貼在電線桿上，靠覆膜加工保護紙張的破爛傳單。

「上面寫著『歡迎來到麻西村！溫柔與希望的村莊！讓你我「幸福」的場所』。溫柔與希望。哈哈。笑死。」

「麻西村」正是竹下先生參加的邪教——顏小姐說。

「曾經有流行這種東西的時期。文豪武者小路實篤也曾經建設新的自治區，說那是『新村』。那個人說他對資本主義的競爭社會感到疲憊，要創造全體主義制度的共同體。一群嚮往烏托邦的傢伙。」

「烏托邦嗎？那樣的地方有辦法創造嗎？」

顏小姐想了一下，緊接著回答我的問題。

「有辦法。可是會累得跟狗一樣。那可是『理想鄉』耶？代表沒有計算得失和妥協的餘地吧？完美的世界。至今以來還沒有人成功創造出來——包含神明在內。」

她拿出攜帶式煙灰缸捻熄香菸，緊接著按下如同廢墟民宅的門鈴。那個門鈴發出模糊不清的電子聲。

感覺得到門後有人，我們站在原地等待。關不緊的門發出喀答喀答的聲音打開來。

「初次見面。兩位就是御名都出版社的人嗎？」

（唉呀？比想像中更有年紀……）

這是我第一眼看到竹下光河先生時的感想。他活躍於七〇年代，即使當時只有三十歲，現在照理說也超過八十歲了。仔細一想理所當然。

「請進。」

我們在他的帶領下進到屋內。

（好壯觀的房間。）

不會髒，垃圾反而算少的。可是不知道是什麼的文件山、舊盒子塔、壞掉的時鐘、老舊家電、大量的紙箱和不明物體堆了滿地，連腳都沒地方放。

「想跟您請教通靈館的傳聞。」

顏小姐說完場面話，便迅速開始取材。竹下先生好像有點開心，帶著興奮如孩童的笑容開始述說。

「記得那是在全國播放的節目。當時神祕學節目挺多的，我碰巧跟製作公司的導播關係不錯，他就拜託我通靈。」

「您成為靈能者前的職業是什麼呢？」

「銀行員工。我畢業自金大（金澤大學）。那裡的畢業生全都會去政府機構或銀行上班，只不過我不太適合走那條路，三年就不幹了。當時比現在更難討生活，被前輩賞耳光跟家常便飯一樣，我不喜歡。」

「……所以就去當靈能者了？」

「不是、不是。起初我是負責音控的。我在學期間時有在玩音樂，那裡有我的前輩在，於是我就去電視臺工作……廣播電臺的工作好像比較多就是了。當時我就有靈感能力。」

一般的人生甘苦談中突然冒出「靈感」這個突兀的詞，令我有點錯愕。因為他說得實在太順口。

「靈感？對啊。我的情況是會看見類似黑霧的東西。緊盯著看，就能大概知道對方的性別和死因。現在嗎？現在也看得見喔。我吃的都是天然食材，不會像妳們那樣吃基因改造或合成染色的食品，所以看得見。」

原來如此——顏小姐一本正經地點頭說。這一點看得出她果然是大人，令人有點尊敬。

「我一面當音控人員，一面幫朋友通靈。例如看守護靈或做簡單的占卜。不過在占卜這方面，我是外行人啦。然後在現場的高層就看中我，問我要不要當藝人。」

所以我才會跑去當靈能者，是被電視臺發掘的——他說。顏小姐邊做筆記邊繼續詢問：

「您在『通靈館』看到幽靈後就辭職了對吧？」

「那並不是最後一次就是了。不過，妳說得沒錯。因為當時我開始覺得無聊了。」

「無聊？」

「通靈。因為大家只想聽自己想聽的話，對於是真是假沒有興趣。這點讓我很反感。而且我又找到許多想做的事。不過有部分也是因為跟導播吵架了啦。」

後面的理由才是重點吧。儘管我和顏小姐都這麼認為，卻沒說出口。

「可以跟您打聽通靈館的情報嗎？」

聽見顏小姐的問題，竹下先生第一次面露難色。

「妳們是從哪裡聽說的？」

「咦？」

「沒錯。那棟房子怪怪的。因為是電視節目，我就跟平常一樣，說出淺顯易懂的臺詞。所以真相我沒怎麼提過，也不知道該怎麼說才好……」

我不由自主將身體湊上前。

「這是什麼意思？」

他回答：

「——藍色的花。」

我當場愣住。因為這個回答實在太牛頭不對馬嘴。

「那裡長滿了花。跟發霉的浴室一樣。不對，這個形容法大概不太好。那些花很美。是會發出微光的藍花。洞窟裡不是會長光蘚嗎？就是那種感覺。」

「花嗎？咦？真花？」

「不確定。該怎麼說，除了我以外沒人看見。導播和攝影師都沒發現。在電視上看到的畫面，也沒有任何東西吧？我從來沒遇過這種事，驚訝到以為自己在作夢。」

藍色的花。從來沒看過。不過藍色讓我想到一個東西。在一九六〇年代的世界，毀滅地球的隕石光芒。跨越次元的巨大摩奴之船。它們也會發出藍色的燐光。

「當時記得是一對上班族夫妻住在那裡，爺爺下落不明。如今回想起來，八成是在那邊裡徘徊的什麼東西吧？大門和寢室都整理得很乾淨。這種最讓人頭痛，因為不好下評論。不過，地下室——」

「地下室？」

「沒錯，那裡開著藍色的花。而且還聽得見聲音。許多人的……應該是低語聲。我忘記他們在說什麼了。記得是某人的名字。」

「名字？您想得起來嗎？」

「那個，等我一下。記得是……嗯，是個奇怪的名字。獅……子……」

「獅子」——這個詞異常熟悉。我無意間握緊拳頭，告訴自己絕對不是我想的那樣。

「獅……獅……獅子……什麼的。就是獅子。獅子元、獅子山，啊——都不是……」

「——獅子乃嗎？」

顏小姐代替我小聲開口說。竹下先生回答「好像是」，接著又補上一句「畢竟都五十年前了」。然而對我們來說，答案再明顯不過。

（我？在叫我的名字嗎？那棟房子？）

完全沒感覺。雪白的手握住的是大吾先生。不是我。

「……不要緊吧？」

我臉色鐵青，顏小姐握住我的手。我勉強扯出笑容。

「您還有看見什麼嗎？」

聽見我的問題，竹下先生又露出一副難以啟齒的表情，打了一堆「我其實不太想說」、「妳們應該不會相信」之類的預防針後才開口說：

「我被UFO帶走了。」

「咦？」

話題扯得太遠，導致我們目瞪口呆。

「嗯，我很確定。因為我看到宇宙了。漆黑的世界中有數不清的星星，很壯闊。我是隔著玻璃窗看見的。那肯定是在太空船裡面。」

「所以……呃——您被外星人抓走了嗎？」

顏小姐一提出疑問，竹下先生便皺起眉頭。

「……不對。外星人。嗯——那不是外星人。」

「什麼意思？」

「是地球人。」

他一臉還不敢相信的樣子撫摸鬍鬚。他用手指把玩著斑白的鬍鬚，閉上眼睛尋找過去的記憶繼續說：

「是一般人。也有許多白人、黑人和亞洲人。衣服也很正常。不過那些人坐在太空船上，講著奇怪的語言。我總不能在電視節目上講這些吧？」

是這樣嗎？我不太懂。竹下先生剛才說「大家只想聽自己想聽的話」，跟這有關係嗎？

「是在通靈館看到幽靈之後發生的事嗎？」

「不，不是『之後』。問題就在這裡。」

「怎麼說？」

「是在我通靈的期間。前往通靈館，移動到地下室，看到藍花的途中。我感覺到身體浮上空中，不知不覺跑到ＵＦＯ裡面。然後，過一陣子就回到通靈館了。時間一秒鐘都沒過。甚至沒人發現我消失不見。」

真的亂七八糟。沒有脈絡，也沒有完整的結局。如此荒誕無稽的經驗，確實很難在時間有限的電視節目中談論。

（雖然聽起來亂七八糟、荒誕無稽，而且沒有條理……）

對我而言卻並非如此。全世界肯定只有我和大吾先生兩個人，會對他的體驗產生實感。

因為那是我們的親身經歷。

「喔，對了。還有，那些人好像在舉辦祭典喔。我好奇他們到底在幹嘛，觀察了一下。大概是……我猜的啦。他們想必——」

他就像在開玩笑似的說：

「——在賽車吧。」

第四話　要是不跟妳接吻，我的大腦會一片空白。

「哎呀哎呀哎呀哎呀哎呀哎呀哎呀哎呀哎呀♡」

褐膚女僕看著我小時候的相簿，語尾冒出愛心。

「喵～♡小小的大吾好可愛～♡」

我的妻子也在看我小時候的相簿，語尾冒出愛心。

「哇——這張是第一次洗澡的照片。哈哈哈，包莖～♡」

穿旗袍的金髮少女語尾也冒出愛心，我彈了那傢伙的額頭一下。

「呀——！你幹嘛！要對我傾注扭曲的愛，請留到床上再說。」

「少在那邊亂講話！」

「可是你們看，大吾的這根又小又可愛。大小應該跟竹〇里差不多吧？他現在可是有獴那麼大。」

「妳別再說話了。」

我用右手捏歪琳格特的臉，她愉快地噗噗大笑。

「獴……咕嘟。」

費小姐紅著臉凝視我的下體。那肯定是錯覺，所以我選擇無視。

「話說費小姐怎麼在這裡啊？妳不是要搬家嗎？」

「我把事情都交給搬家公司做了～♡」

或許是命運吧，兔羽和獅子乃妹妹的奶媽——費婉．雷耶斯．弗羅勒斯，說要搬到跟我們同一棟寓所的二樓。

（這個人用了千子家的調查網吧。）

未免太巧了。費小姐看起來就是過度保護的人。

「嘿嘿～♡可以跟小費住一起，好開心～」

「呵呵，我也是，兔羽小姐♡」

兔羽露出天真無邪的笑容。她有點害怕與我同居，現在這個環境變得比較自在，她應該很高興吧。我也覺得這是一件好事。

（可是這樣等同於跟岳母同居。以新婚夫妻來說沒問題嗎？）

在東西搬得差不多的客廳中，兔羽坐在剛從宜得利買來的桌子前喜孜孜地翻閱相簿。對此我覺得她開心就好。

「機會難得，我去幫各位泡茶喔。」

費小姐起身走向廚房。

「啊，沒關係。我來就好。」

「請不要客氣。別看我這樣，我可是女僕——哇！」

「危險！」

我接住被紙箱絆倒的她，感覺到柔軟誘人的觸感。

「謝、謝謝您……」

「不會。」

我以紳士的笑容回應。沒有表露出一絲邪念。只不過我滿腦子都是豐滿雙峰的觸感。真是久違了，因為——

「……我瞪——」

「啊！」

兔羽盯著我的視線，如同看中獵物的蛇。因為太過冰冷，害我血液凍結。

「唉呀？大吾先生，您的臉色好差。感冒了嗎？」

「什麼！」

費小姐碰觸我的後腦勺，緊接著直接把我的頭抱過去，額頭貼著額頭測量溫度。香草般的甘甜香氣竄入鼻尖，我們之間的距離近到鼻子都碰在一起了。

「好像有點發燒？」

「真、真的沒事！」

這個毫無防備的天然大姊姊是怎麼回事？仔細一看，她的襯衫鈕釦鬆脫，看得見胸罩的蹤影，身體又維持緊貼在一起的姿勢，柔軟的觸感令人衝擊。

「妳看，兔羽妹妹，大吾的獴抬起頭了。」

「…………我瞪———」

兔羽用波布蛇瞪著仇敵一般的眼神看著我。由於在自然界八成會被殺，我向後退去，跟費小姐保持距離。

「對了，今天晚餐也讓我負責吧？」

費小姐笑著提議。兔羽收回殺氣，展露笑容。

「啊，今天沒關係。我等一下要跟美美一起出去玩。」

「唉呀，是這樣啊。」

費小姐語帶遺憾低聲說。

「既然如此，大吾先生，要不要一起吃飯？我有很多話想跟你聊。」

兔羽笑咪咪地揪住我的衣襬……她在吃醋嗎？我倒是想跟養大妻子的義母好好聊聊。

「對不起，我等等也有事。」

我盡可能溫柔地握緊兔羽抓住我衣襬的手。

「……」

她故作鎮定以免被發現，鼻頭卻有點紅，撇開視線不敢看我，可愛到不行——這是發生在午後的事。

搬家作業差不多都結束時，太陽已經下山了。兔羽和獅子乃妹妹的行李照理說明天會從她們的老家送過來，新生活即將揭開序幕。

（和茜離婚，搬進上海莊——）

那段時間，我真心覺得未來黯淡無光，感覺像在無人的電影院盯著片尾看。可是從現在開始，我就要踏上新的人生。

跟全宇宙最重要的人共度的幸福生活——

「我回來了……啊，小吾？」

「妳回來啦，小獅。」

純白頭髮的少女回到家中，我跟平常一樣想要親吻她的臉頰。

「嗚喵！」

「……咦？」

看到她面紅耳赤地僵在原地，我才終於發現情況跟平常不同。等一下。冷靜點。我在想什麼啊？為什麼我會想親妻子的妹妹獅子乃妹妹啊？

（因為會叫我「小吾」的——）

是我的搭檔。我心愛的人。駕駛員千子獅子乃。

（不，不是吧？）

我現在也還是賽車手啊？

「抱、抱歉！」

我立刻退後，遠離近在眼前的獅子乃妹妹。我是白痴嗎！在做什麼啊！

「……不會。沒關係。」

不，怎麼會沒關係啊？雖然我心裡這樣想，聽到她這麼說卻鬆了口氣。她一面整理瀏海，一面別過頭。與此同時，宛如殘雪的臉頰浮現紅暈。

「我明白。是前世的習慣對吧？我也不小心用以前的稱呼叫你。」

她剛才叫我「小吾」。就這麼兩個字，當時的記憶——情感就像間歇泉般湧出。我甚至誤以為下意識想要親吻她才是正常的。

「……妳也想起身為賽車手時的記憶了？」

「沒有親眼『看到』就是了。不知為何慢慢想起來了。」

她紅著臉移開目光。這樣啊，獅子乃妹妹也想起來，我和她是情侶，一有空就在卿卿我我時的回憶了嗎？

「我們都得注意點才行呢。」

獅子乃妹妹微微一笑。成熟的笑容。為此感到有點寂寞，真的既傲慢又罪孽深重。不過我和她只能懷著堅定的羈絆，以及無可奈何的感傷活下去。

「啊，獅子乃妹妹回來啦！」

琳格特看到在門口交談的我們，露出淘氣的笑容。

「我要跟獅子乃妹妹說！大吾的那話兒跟巨型貘一樣大，是隻可怕的悍馬——！」

「妳打算對國中女生亂說什麼啦！」

獅子乃妹妹一臉錯愕。她腦袋動得那麼快，思考了一下琳格特那句話，露出淡然如清水的表情。

「貘？不，我倒覺得跟小白鼬一樣可愛。」

※貘……體長二十五～三十七公分。
　白鼬……體長十六～三十三公分。

「……咦？」

琳格特面紅耳赤，整個人愣住。獅子乃妹妹呵呵輕笑。

「沒有啦，開玩笑的。」

「我我我、我想也是——！」

不愧是獅子乃妹妹。幼稚的琳格特對那方面毫無經驗、空有知識，不可能攻得破獅子乃妹妹的冰城。以人類來說強度有差。

（話說妳為什麼知道我的正確尺寸啦。）

……前世嗎？肯定是前世吧。

夜幕低垂。由於這一帶離海很近，雖說才十一月，參雜海風的空氣仍會帶來寒意。我也想過要走回關內，不過我的腳尚未澈底痊癒。還是別省錢，從石川站坐電車到關內吧。

（兔羽和獅子乃妹妹好像也會擔心。）

我從小到大就很會受傷，骨折的次數也不只一兩次。尤其是樂團時期，自以為勉強自己比較有趣，在拍ＭＶ的時候從大樓跳下來，摔斷了腿。簡單地說就只是個血氣方剛的笨蛋。所以，她們兩人擔心我的時候，我總會覺得太小題大作，癢癢的。不過是出於喜悅的心癢就是了。

「社長他們不曉得到了沒。」

我來到常去的那家酒吧──「瓦特希普高原」。星期六的野毛人果然很多，我無視開心地走在街上的大學生和情侶走進酒吧。

「你好，御堂先生。」

梳著油頭、戴著時髦的墨鏡、皮膚有點黑的男人——工藤刃先生，以及偏長的頭髮瀟灑地披在背後，長得比偶像還帥的男人——「社長」玉之井昌克先生，並肩坐在一起。

他們似乎已經先開動了，邊喝酒邊小口品嘗店長特製的生火腿烤杏鮑菇捲。那是什麼東西？看起來超好吃的樣子。

「兩位在聊什麼？」

「先自我介紹嘍。因為今天的主辦不在嘛。」

我想履行前幾天跟工藤先生說好要去喝酒的約定。第一次就單獨喝酒有點那個，我便邀了大概會跟他聊得來的社長。

「謝謝你今天找我喝酒，御堂先生。我朋友很少，像這樣跟其他人對話的社會經驗挺珍貴的……可是沒關係嗎？」

工藤先生小口啜飲加冰塊的威士忌。

「你剛結婚對吧？怎麼還丟著妻子不管，跑來喝酒。」

「今天兔羽也跟朋友有約。」

「這樣啊，太好了……我比任何人都還要關心你們的感情。」

畢竟工藤先生是千子家的律師嘛。萬一我和兔羽鬧離婚，要以律師的身分處理相關事務的人八成也是他。這個人絕對不會想幹這種事……

今天社長喝的是日本酒。他的酒量還是一樣好，如果配合他的速度，那可不是鬧著玩的，要自律。社長開口詢問：

「大吾先生的新婚生活，實際上過得如何？」

「什麼叫過得如何？」

「你幸福嗎？每天早上睜開眼睛，第一眼看到的就是心愛之人，是什麼心情？」

這個人完全喝醉了吧。社長基本上很紳士，難得問這麼直接的問題。

（可且我每天早上睜開眼睛，第一眼看到的並不是心愛之人。）

跟單身時期完全沒差。還是獨自睡覺，獨自起床。

「……要怎麼接吻啊？」

我反過來提出最大的煩惱。社長愣住，工藤先生則皺起眉頭。

「你們該不會還沒接吻吧？」

「還沒。我的妻子太難攻陷了。」

社長笑得樂不可支。那張臉煩死了。

「好啊，你就笑吧。畢竟我和前妻離婚一年半，這段期間連約會都沒約過。和前妻第一次接吻，感覺起來就像數年前的事。」

「大吾先生，你身邊不是有許多女性嗎？怎麼會不知道？」

身邊的女性，不就是熙涵跟琳格特嗎？我哪可能對她們出手。

「我答應兔羽要給她羅曼蒂克的一吻，該怎麼做才好？」

「接吻啊……」

工藤先生咕噥道，吐出一口氣。

「人類這種生物看似在往理性的方向進化，結果其實是信仰宗教的動物。接吻就是最好的例子。太野性，太抽象了。聽說耳廓狐和大象也會用接吻表示親愛之情，簡單地說，那只不過是動物的習性之一。接吻這種行為，跟綠猴給母猴看藍色蛋蛋一樣。之後才給它貼上浪漫的標籤，我難以理解這種感情。可是身為社會化的人類，同種的生物找我商量煩惱，我自然該以社會化的態度回應。」

工藤先生拍了下我的肩膀。

「辛苦你了，御堂先生。我深表同情。」

收到只是做做樣子的同情了。這人真沒人性。

「……工藤先生不是有段時間有女朋友嗎？你明明是這個個性？」

工藤先生想了足足三十秒，才回答我的疑惑。

「別看我這樣，我挺正向的。」

最好是啦——我差點吐槽。

「我們在本質上來說，的確只是用來增加熵的分子排列，沒有意義也沒有價值。討論每件事的時候，都該把這個前提記在心裡。」

不過——他接著說。

「與此同時，我也不想無憑無據否定事物。即使那件事站在理性、合理的角度思考，都沒有意義。我心中存在想要接近他人及社會的氣魄。試著跟人交往，也只不過是這個活動的其中一環。我想理解社會所說的戀愛。看來我的求知欲好像挺強的。」

聽完工藤先生一如往常的可怕演講，社長面無血色。

「光是談戀愛，居然需要這麼特殊的理由。」

「很奇怪嗎？玉之井先生，那麼我想請問，你談戀愛的理由是什麼？」

社長又被問到這個問題，露出有點害臊的笑容直接回答：

「我不太喜歡自己。」

「也就是自我肯定嗎？幼稚的兒戲。」

「是啊。得到他人的認同、被他人所愛時，我會覺得自己有那麼一點接近完美……不，不對……是自己的存在是『好的』，會有得到肯定的感覺。人生不是很不穩定嗎？……到頭來，我想試著相信自己。」

社長沒有打馬虎眼，真的是直接說出誠懇的話語。這樣的態度既有魅力又神祕，像社長這麼正直且認真的人並不多。

就像工藤先生是怪人一樣，社長也是怪人。

「話雖如此，我也跟一般人一樣有性慾，哈哈哈。這個理由反而更重要。」

「想生小孩不包含在內嗎？」

「這一點倒是完全沒有。我不太——」

社長差點說溜嘴，閉上嘴巴喝了口日本酒，笑著跟店長又點了杯其他口味的日本酒。他肯定不想再說下去吧。他挺笨拙的。純粹是外表過於光鮮亮麗，掩蓋住這一點罷了。

「不過我最近也開始考慮總有一天要結婚喔？」

「咦？是這樣嗎？」

我大吃一驚。這個一年四季都在不停換對象的男人嗎？這個並不是劈腿，而是純粹沒辦法跟人維持長久的關係，分手後又會交新女友的人嗎？（他的長相和個性不錯，所以超級受歡迎！可是除此之外都慘不忍睹，女方馬上就會幻滅！）

「——因為我很嚮往直到死前的那一刻，都被某人深愛。」

工藤先生聞言感慨地低聲說：

「真巧。我也想著總有一天要結婚。」

騙人——我差點忍不住吐槽。他之前才把結婚一事罵成那樣。

「我的確反對結婚這個制度本身，生小孩、談戀愛令我毛骨悚然。然而從分工合作和分散風險的角度來看，跟他人建立極小的社群並非毫無意義。就像不少動物也會團體行動。」

意即他想要的不是結婚對象，而是能稱之為類似合作夥伴的人嘍？地球上會存在跟這個說戀愛噁心的人合得來的搭檔嗎？不，人類有七十億這麼多，搞不好有兩三個。

「哦～那麼相逢即是有緣，我們來創一個俱樂部如何？」

社長提出奇怪的建議。

「——就叫『婚活俱樂部』怎麼樣？」

我和工藤先生面露疑惑，社長愉快地接著說明：

「婚活俱樂部，偶爾像這樣一起喝酒、抱怨，交換有用的資訊。大家一起去參加婚活派對也不錯，哈哈哈。是不是挺有趣的？」

「原來如此。我不介意喔。交換資訊非常有幫助。因為我好像有點不諳世事，兩位提供的資訊應該會很有用。」

我不假思索地制止他們。

「為什麼我也被算在婚活俱樂部的成員之中？我可是如假包換的已婚人士。」

「連嘴都沒親過，跟扮家家酒一樣的關係，幾乎可以說還處在婚活階段吧。」

「不要突然刺傷我。」

沒想到工藤先生這麼有興趣。他說不會無憑無據否定事物，那就是原因嗎？

「那麼『婚活俱樂部』就從今天開始！」

「既然如此，婚活俱樂部的初次聚會，就來討論我剛剛提出的問題吧。我想跟妻子有個羅曼蒂克的第一次接吻，該怎麼做才好？」

社長想了一下後回答：

「要去……看夜景……嗎？」

光靠臉和個性就能受歡迎的男人戀愛觀，根本靠不住。

■

今天是星期日！對於前曠課兒童的我來說，是放鬆的一天。

「哎呀？姊姊，妳挺有幹勁的嘛。」

看到我睡醒就在整理頭髮，獅獅輕笑出聲（她每天早上五點就會起來，早就整理好儀容了）。我哼了口氣。

「今天是決戰日啊！」

即所謂的約會日。大吾說要親我的日子。他答應會給我既羅曼蒂克又完美的第一次接吻的日子。唔喔喔喔喔！

（現在回想起來，我的丈夫真有男子氣概！）

一般人哪扛得住那麼沉重的期待。好喜歡……唉——♡喜歡♡喜歡♡喜歡♡

「妳要打扮是可以，不過妳差不多該離開我房間了吧？」

「唔。」

我還住在獅獅位在上海莊的房間。今天我們的行李會送到通靈館，明天就要正式搬進去住了……

「我、我會努力。」

哎呀──獅獅驚呼。應該是沒想到逃避至今的我會下定決心吧。話說我這個姊姊給她看到太多醜態了。

（大吾都這麼努力了，我也要加油！）

因為夫妻是對等的關係。

「獅獅，我從今天開始要去大吾的房間睡。」

「好好好。」

「相信我一下嘛！」

也就是所謂的背水一戰。今天我要跟大吾「接吻」。那是等級一的任務。所以等級二的任務──一起睡覺，要由我努力完成吧？

（可是我的心臟現在就開始狂跳，心靈脆弱到連我都覺得驚訝。）

「獅獅，可以問妳一個問題嗎？」

「請說。」

「我的睡相會不會很差？會打呼嗎？睡臉很醜嗎？會不會有汗味之類的奇怪味道？頭髮會不會亂七八糟的？睡前妝是不是要畫得更努力一點？」

「我明白少女心的可怕之處，可是妳要問的問題不是只有一個嗎？」

獅獅傻眼地輕輕笑了笑。

「因為在喜歡的人面前，會想一直維持最完美的狀態嘛。」

「沒、沒錯！就是這樣！」

希望對方相信自己是全世界最可愛的女生，一點點都不希望對方覺得自己醜。我還真是幼稚、愚蠢得可笑。

「不過在對方眼中，心上人的缺點也會顯得很可愛喔。」

「咦？」

「如果我是大吾先生，我會想看看妳的缺陷。」

她的表情太過成熟，我不禁感到困惑。她什麼時候長成會講這種話的女孩了？我一直待在離她最近的地方，卻從未看過這種表情。

（簡直就像戀愛經驗豐富的女性。）

或者，那副表情源自大吾和獅獅所說的「前世」嗎？

「開始點名！一！」

「二！」

「大家都到齊了呢。那麼，夭洞洞洞開始執行作戰計畫！」

我在上海莊前面這麼宣布，大吾抬手對我敬禮。

（……髮型可愛，衣服也是他應該會喜歡的風格。）

儘管自己講這種話很自戀，我光看外表可是個超級美少女，照理說到目前為止應該都是一百分。

（可是好像有點冷，是不是該多穿一點……）

不過美麗總要付出代價。但是著涼就糟了。嗯——

「兔羽。」

「什麼事？」

「妳今天也好可愛……不如說，比平常更可愛。」

聽到這種話——

「……嗯。」

我連一句玩笑話都說不出口，紅著臉別過頭。

（大吾，你也很帥喔。）

我發自內心這麼認為，卻難以啟齒。他怎麼有辦法看著我的眼睛誇獎我啊？被他這樣一講，事到如今我沒辦法回去換衣服。

「那我們走吧。」

他輕聲說，握住我的手。好溫暖。胸口發熱，我回過神來。

「噫呀！（螳螂拳）」

「好痛。幹嘛突然打我啦！」

「大吾，你是不是想要掌握主導權！」

「……什麼意思？」

我依然擺著螳螂拳的姿勢狠狠瞪向他。

「我呀，不是會優雅地走在丈夫後面三步的良家婦女。我是公主。最強的。有尊嚴。不會隨便跟在別人的屁股後面走。」

「……跟小型犬反而更愛虛張聲勢是同樣的道理？」

他好像講了超級失禮又中肯的話，不過跟他吵這個太麻煩了，我決定無視。

「握有主導權的人是我喔！」

「原來如此。我完全不介意就是了。」

「介意一下啦！然後在激戰過後決定誰比較強！那樣才是戀愛吧！」

「並不是。妳從哪裡學到那個恐怖戀愛觀啊？」

總覺得大吾寬敞的心胸包容了我難搞的一面，凸顯出我死不服輸的個性。唔嗯嗯……

「那麼兔羽，可以請妳引導我嗎？」

「包在我身上！」

我握緊大吾的手，把他拽過來。

（咦？這正是小型犬拖著主人走的畫面耶？）

事到如今我才意識到，為此感到羞愧，可是已經說不出口。

至於這場羅曼蒂克的約會，我們第一個去的地方是——

「……為什麼我們會在友都八喜（註：Yodobashi Camera，日本一家大型連鎖量販店，主要銷售家電、電腦、相機和攝影等3C產品）呢？」

純白、乾淨、明亮的店內！親切的店員及淺顯易懂的廣告！以一目了然的方式陳列的各種最新家電！沒錯，這裡就是橫濱站西口的友都八喜！

「因為妳即將開始一段新生活，不會想添購一些家電嗎？」

「是、是沒錯……！」

不過這才不是約會！誰會去友都八喜約會啊！不如說羅曼蒂克和友都八喜是相反的兩個東西吧？啊，可是它們都是四個字！

（還有，在友都八喜牽手看起來就像在這邊逛得很興奮，超難為情的！）

山下公園和中華街是約會景點，所以周圍的情侶都牽著手，一點都不顯眼，這裡卻不然。原來如此，難怪情侶都會聚集在同一個地方，長知識了。

「妳就看看嘛，兔羽。冰箱哪臺比較好？」

「冰箱不重要啦……哇，這是什麼，可以從兩邊開耶！」

我的好奇心表露無遺，開始物色跟兵馬俑一樣排成一排的大量冰箱。這些企業努力的成果真壯觀。全是具獨創個性的結晶，甚至會讓人覺得美。真空冰溫室是什麼東西啊？好像戰鬥漫畫的能力名稱。

「兔羽，還有咖啡機喔。」

「哦～好多時髦的東西。」

「不會想買一臺，每天早上邊喝咖啡邊度過悠閒的時間嗎？」

什麼啦，太讚了。說起來早上是人生偏低潮的時段。明明睡得舒舒服服，卻要為了煩死人的學校做準備，手忙腳亂的時段。

可是如果有一臺咖啡機，由大吾每天早上幫我泡咖啡，低血壓的我也能澈底清醒過來。兩個人一起吃三明治，度過優雅的早晨……在他出門上班時給他一吻……卿卿我我……

「我們絕對需要它。」

「突然好有氣勢。」

「早上就是要吃三明治配咖啡。」

「那我記得那邊有熱壓三明治機。」

「你說什麼！」

每當看到家電和好用的東西，我都會妄想要怎麼跟男朋友一起用。怎麼說呢，總之就是非常期待，可以累積愛意。

例如看到烤盤，會想跟大吾一起做章魚燒；看到電毯，會想跟大吾一起裹著它在深夜看電影；看到相框架，會想在裡面放我們的回憶。

（相框架！）

我這輩子從來沒有想要過那種東西！用智慧型手機不就得了！看自己的照片有什麼樂趣？然而事實並非如此。他和我的照片。好想拿來裝飾。

「唔姆姆……」

「妳怎麼一臉不甘？」

「我覺得自己好平凡。」

「唔嗯？」

「我本來還以為自己很特別！個性那麼扭曲，是個怪人。成績單上的教師評語也大多叫我不要那麼有個性！我卻產生了這麼平凡無奇的欲望。至今以來孤獨的我算什麼？」

跟一般人一樣喜歡上某人，跟一般人一樣與某人組成家庭。冰箱是不是買大一點比較好、電視好想買可以看YouTube的……會期盼諸如此類的微小幸福。咦？我的形象不是應該更奇怪嗎？

「哈哈哈。」

他露出淡淡的苦笑。我發現自己說錯話了。這種私人的自省，其他人不可能有辦法理解。我刻意表現出來自虐、暴露醜態的習慣，很難被社會接納。所以我有點後悔——

「……不過，兩者都是妳啊。」

他如此低語，握緊我的手。我懂了，這個人不會把我說的話當成玩笑，不會把我當成怪人看待。他會努力理解我，陪在我身邊。而我果然也會一直待在他的身旁吧。他的表情訴說了一切。

（……喜歡～～～～～～～～～～～～～～～～～～喜歡♡喜歡♡喜歡♡這個人怎麼這麼帥？我真的不行了。好喜歡好喜歡好喜歡～～♡）

啊啊，對了。我就是喜歡他的這一點。不是在別人被不良少年纏上時出手相助，或者小時候約好要結婚那種。我喜歡他笨拙的溫柔。因為他願意陪在我身邊。所以，我才會和你一起墜入愛河。

（原來如此。去友都八喜約會。這樣……）

……說不定挺浪漫的——我心裡稍微冒出這個想法。

■

「——獅子乃小姐？」

聽見有人呼喚我的名字，我不由自主地抖了一下。

「什、什麼事，費小姐？」

「沒有，我看您在發呆。」

我在整理搬家的行李。昨天我去了北陸，東西都是姊姊和大吾先生整理的，因此今天我得認真工作……不過──

（不知道他們在做什麼。）

姊姊放話說今天要跟他接吻。還有今天開始要跟大吾先生一起睡。她確實這麼說過。

（大吾先生……和姊姊……要接吻。）

此時此刻，他們肯定牽著手親暱地走在一起。然後還要接吻……接吻？

光想到那個畫面就胃痛，一陣鼻酸。

（笨蛋。我要振作。一開始制定的就是這樣的作戰計畫吧？）

在一旁守望姊姊和大吾先生，伺機而動。他們新婚時期或許會幸福洋溢，可是總有一天肯定會出現裂痕。到時就由我支撐他，讓他變得沒有我就不行。

真是完美的計畫。得接受守望「正值新婚，幸福洋溢的兩人」帶來的痛苦才行。

（……接吻。）

我想起跟他雙脣交疊的那一天。撫摸嘴脣，拚命回憶他的觸感。我這個僅僅是他的姨妹的可憐人，除了像這樣自我安慰外，什麼都做不到。

「費小姐，妳有接吻的經驗嗎？」

「噫呀！怎、怎麼突然問這個？」

「因為妳看。」

我指向電視。藝人們正在綜藝節目的「初吻特輯」上努力發表感想。費小姐一副有點難為情的模樣，之後——

「……祕密。」

「原來有啊。」

「就、就說是祕密了。」

有點意外。畢竟她從年輕的時候就在我們家工作，一直跟我們一起生活。這段期間我從來沒聽說過她有對象。

「……您願意保證絕對不跟其他人說嗎？」

「好的。」

她輕聲嘆息。

「大約在十年前，有個男孩子很喜歡我。」

「男孩子？」

「……他是高中生。」

哎呀，那還真是。記得費小姐今年三十多歲……

「不過我工作繁忙，便三番兩次地拒絕他。」

「嗯嗯。」

「可是他依然不停地對我示好……那個……」

我們的母親露出少女般的表情，臉頰微微泛紅咕噥：

「我就對他說，如果你長大還記得，到時再來接我。」

「……哦～」

「然後作為補償，我親了他一下。只是稍微碰到嘴脣喔？」

聽得我小鹿亂撞。總覺得好羅曼蒂克。

「這麼說來，我記得妳就是在差不多十年前，突然改戴隱形眼鏡的樣子。而且還減肥了對不對？妳原本明明穿著執事服，不知何時變成了女僕裝。」

費小姐害羞地噘起嘴巴。

「不、不是的。我只是……沒來由地……」

「……妳想在跟他重逢的時候，維持可愛的樣子對吧。」

我笑著調侃她，她驚慌失措。這個反應很可愛，導致我忍不住笑了出來。

「不過……都過去了。因為他好像忘記我了。」

她笑著說。那是成熟女性的美麗笑容，我有一瞬間看呆了。

「可是費小姐，妳在哪裡認識他的啊？妳不是都待在家裡嗎？」

「啊，他是……」

費小姐把手放在胸前。有如在撫摸珍貴的回憶。

「——以前兔羽大小姐離家出走時帶回來的男生。」

好棒的故事。那個男孩肯定溫柔又善良。因為費小姐提到他時的表情，是如此愛憐。

「結果妳並沒有見到那個人嗎？」

「……不是的。之後我們見到面了。」

可是那個人現在並不在她身邊，表示他們並沒有在一起吧。看她一臉為難，我決定不再追問。希望她哪天會願意跟我說。

「哎呀？這是大吾先生的行李吧？」

費小姐突然嘟囔。裝進我行李的紙箱中，好像混入了他的東西。

「啊，那我把它搬到那邊的房間。」

我搬起紙箱背對費小姐，走向他的房間。雖說是他的房間，裡面其實堆滿各種東西……姊姊和大吾先生，兩人份的行李。我搖搖頭，驅散這個不該有的想法。

（唉呀，紙箱倒下來了。）

他房間裡的行李掉了出來，散落一地。我蹲到地上想要收拾房間。

（……啊。）

——是大吾先生的貼身衣物。

「……唔！」

怦通——感覺到心臟在輸送血液。

（不可以這麼做……太不知羞恥了。）

理智在拚命阻止我，我卻將他的襯衫當成寶物握在手裡擁入懷中，把臉埋進去。他的氣味。他的氣味。他的氣味。跟我的記憶一模一樣的溫柔氣味。

（……啊啊，我真是個無可救藥的——）

——女人。

■

我們離開友都八喜，來到年輕人的聖地橫濱VIVRE六樓的新生活聖地——宜得利。儘管氣氛一點都不羅曼蒂克，宜得利可是品質、價格和品項統統無可挑剔的家具店王者。

「大吾，有沙發耶，沙發。六萬日圓！哇，好便宜！」

「……在我這個庶民眼中，六萬日圓也不便宜。」

「大吾、大吾。」

兔羽坐到沙發上，招手叫我過去。我坐在她旁邊。

「唔嗯？原來如此，是這種感覺啊？哦～」

兔羽在我旁邊動來動去，確認沙發的觸感。才剛靠到我身上，就面無表情拉開距離——像隻不會撒嬌的親人貓咪。

「……是不是買軟一點的比較好啊？」

「哦，兔羽，妳對沙發挺講究的嘛。」

「因、因為像睡前的時候啊，我們可以邊看電視邊滑智慧型手機，像這樣……靠在一起……蹭蹭對方……啊，不、不行……你不可以主動靠過來喔……」

原來如此。我明白她想表達的意思了。沙發很容易變成卿卿我我的據點。

「坐得舒服確實很重要。」

「對吧？」

「如果推倒妳的時候沙發太硬就糟了。」

「喵嗚。」

我的真心話脫口而出，兔羽立刻彈得遠遠的。

「……妳會不會太提防我了？」

「……是你不好。」

講這樣，我們可是夫妻耶。

「總、總之沙發很重要。還有，三人沙發比較好。」

「妳喜歡大一點的啊？」

「咦？因為獅獅也在呀。」

這樣啊。對兔羽而言，獅子乃妹妹真的是很重要的人。有部分應該是因為她們是家人，可是有時她會把獅子乃妹妹當成自己的半身對待。

（而且我超開心的……）

有懂得珍惜她的人，我非常高興。

「接下來去看床吧——」

一聽到我這麼說，兔羽宛如散步完不想回家的柴犬賴在沙發上。

「……你又起色心了。」

「才沒有。」

咦？床是必需品吧？儘管也可以把我在上海莊用的薄被帶過來鋪在地上，兔羽這位千金小姐應該會睡不慣，遲早得買床。

「你、你暗示得這麼明顯，我有點驚訝。希望你可以用更好的方式，態度自然一點。嗯——該怎麼說，順著當下的氣氛？之類的？」

兔羽在害羞。就跟妳說我是要買床了。這個反應跟我要約妳上床一樣，害我不知道該如何是好。這位小姐真的很難相處。

「好，我知道了。那我會用更好的方式邀請妳到床上（試躺）。」

「咦？好耶。我要看、我要看。」

我清了下嗓子。

「——公主殿下，可否請您與我同行？」

「噗哈！」

兔羽捧腹大笑。這樣真沒禮貌。沒關係，我不介意。本來就是講來逗她笑的。不過這種挫敗感是怎麼回事？

「好了，兔羽，該走嘍！」

「再一次！再說一次那句臺詞！好不好嘛，大吾～」

■

「公主殿下，可否請您與我同行？」這個段子（失禮）既好笑又真的萌到我了，不曉得他有沒有發現？

（要是被人家知道我為那種臺詞小鹿亂撞，那可是一生的恥辱！）

大吾不愧是從前玩過樂團的人，很擅長講一些垃圾話來緩解他人緊張的情緒逗人笑（並不有趣）。每次我都覺得自己被他耍得團團轉，可是只要想成被他當成公主在服侍，感覺並不差。

（啊——不過大吾這一點應該很受歡迎吧——）

思及此，我缺乏戀愛經驗的部分就會隱隱作痛。那是當然嘍，人家以前可是玩樂團的。好想打翻醋罈子，看他緊張的模樣。

「哦？這張床挺舒服的。好像有點硬的樣子？」

我的丈夫在試躺床墊。我跳到他旁邊躺下來。

「什麼！」

「……啊，真的耶。軟硬度剛剛好。」

騙人的。我根本不知道好不好躺。只是故作鎮定，全神貫注地觀察他的表情。他明顯慌了，目光游移。什麼嘛，真好搞定。

「大吾，你在害羞吧。」

「……純粹是妳突然跳上來，我嚇了一跳。」

啊，好可愛。難怪大吾會想玩弄我。可愛得讓人想吃掉他。

「我贏了？」

「又沒有在比賽。」

我們躺在床上，然後互相凝視彼此。彷彿時間停止流動，連店裡小聲的音樂都聽不見。

（糟糕。）

大吾臉上寫著他想跟我上床。

（男生原來這麼好懂。）

這樣好可愛。他的慾望掌握在我手中。他渴求著我。我想逗逗他。

「大吾……嗯……♡」

不會吧？這真的是我的聲音？令人不敢相信的甜美諂媚聲，沒形象的嬌聲。這可不只是不知羞恥的地步。我猛然回神。

「這、這張床不錯。嗯。」

我坐起上半身，然後迅速跳下床。

之後我們去喝了杯咖啡，稍微逛了逛橫濱VIVRE，享受平凡的約會。

（雖然我還不習慣「平凡」一詞。）

今天的約會令我心跳加速，自在又愉快。

每當他看著我輕笑，我都會產生「啊啊，好喜歡他」的想法。僅此而已。

「ＯＫ——謝嘍。嗯——我們差不多要回去了。等等見。」

我掛斷智慧型手機的通話。

「獅子乃妹妹說什麼？」

「行李都搬進家裡了，現在正在拆箱。琳格特小姐好像在幫忙。」

「……琳嗎？」

「嗯。怎麼了嗎？」

「沒事。總覺得那傢伙最近常待在我們家。」

算了，不重要——儘管有點疑惑，他還是笑著說。沒錯，現在那點小事並不重要。不要想其他女生，只要看著我就好。

（話說吃完晚餐後，他好像帶我來到一個氣氛超好的地方耶～～？）

山下公園。情侶的聖地。對面的大船上有一堆薩克斯風吹得超好的人。海浪聲平靜悅耳，橫濱的夜景清晰可見。

（這、這傢伙絕對會來親我……！）

好幾對情侶如同傾訴愛意的小鳥，坐在長椅上依偎在一起。氣氛未免太好了。已經到達同儕壓力的地步。好吧，這確實是我想要的！

（啊嗚啊嗚啊嗚啊嗚啊嗚啊嗚啊嗚啊嗚。）

一想到關鍵的那一刻正在一分一秒接近，我便陷入恐慌。走到這邊前我已經刷了三次牙，吃了二十顆左右的口氣清新錠，都快拉肚子了。

「來這邊。」

大吾帶我走向沒什麼人的地方。無視從大棧橋的方向綻放七彩燈光的拱橋，往漆黑的大海前進。不時還看得到幾個在釣魚的人。

「哇。」

——那個畫面美得令人屏息。

「這裡是這座城市，我最喜歡的地方。」

這裡是防波堤嗎？以橫濱來說又暗又安靜，感覺像所謂的祕密基地，人很少。站在形似象鼻，朝大海伸去的海堤上，橫濱的夜景顯得更加耀眼。橫濱的知名景點——Cosmo Clock摩天輪發出璀璨的光芒。

「……怎麼樣？喜歡嗎？」

聽得出來他很緊張，我差點失笑。原來如此。這個人努力想要營造羅曼蒂克的氣氛。明明不習慣做這種事，卻為了我這麼努力。

……他不會知道，笨拙的他使我胸口緊緊揪起。

「好美。」

「……妳比較美。」

「哈哈哈。剛才那句臺詞要扣分。」

「為、為什麼！」

因為很像過時的通俗劇。不如說怎麼看都是在掩飾害羞吧。

（心臟好痛。胸口揪得好緊。心跳聲好吵。）

——我等等一定會收到全世界最幸福的吻。

「兔羽，靠近一點。」

「為、為什麼？」

「妳會冷吧……過來。」

他笨手笨腳地敞開外套。什麼嘛。被發現了。我像小女生似的乖乖在他的肚子旁邊蜷起身子。好溫暖。他從背後緊緊抱住我。

「……大吾，然後呢？」

「什麼？」

「然後，你等等，打算做什麼？」

「……妳要問這個啊？」

「因為你從背後抱著我，要怎麼親我？」

不行——我告訴自己。因為我的呼吸開始變急促了，不能被他發現。他特地營造浪漫的氣氛想給我如同少女漫畫的第一次接吻，我卻在這邊喘著氣發情，絕對不可饒恕。

（因為我等等一定會收到全宇宙最幸福的吻。）

■

我從身後抱緊兔羽纖細的身軀。平常總是帶著輕浮的笑容、性格倔強的她，如今跟在火鍋裡燉煮的白菜一樣軟軟的，非常安分。她基本上是個有少女心的人，只是不知為何不想在別人面前表現出來。

「兔羽，看這邊。」

「不要。」

「別耍性子嘛～」

「不要就是不要。」

「無論如何都不要嗎？」

「如果你無論如何都要我轉過去。」

她的聲音細不可聞。

「幹嘛不來硬的。」

「……」

「我很膽小，馬上就會逃跑。」

「嗯。」

「只要直接抓住我，把我搶走就行了。」

「可以嗎？」

「不行。」

「哪個不行？」

「……哪個都不行。」

哪個都不行。這樣啊。既然如此——

「兔羽，我要親妳了。」

「絕對不行。」

我用大拇指抬起她的下頷。

「妳根本沒有抵抗。」

「有啊。」

騙人。

「把眼睛閉上。」

「……嗯。」

她繃緊身體。

「啊，不過——」

「怎麼了？」

「……我接吻時的表情很醜，你不要看。」

「妳好囉嗦。」

「喵嗚！」

我用嘴巴堵住她的嘴。

「呼……呼……」

她拚命用鼻子呼吸。

（兔羽的嘴唇好軟……並不軟。）

因為她的嘴唇緊抿成一線，身體僵硬。

（不過，她用力抱著我。）

遭到追求時的矛盾反應，很符合她的個性。因為她是個複雜、難搞的女孩。

「兔羽，放輕鬆。」

「……嗯。」

我摸著她的頭，她便慢慢冷靜下來，身體逐漸放鬆。她的嘴唇恢復柔軟的觸感，跟小鳥輕啄一樣回吻我。

「我喜歡妳，兔羽。」

「笨蛋。」

「我喜歡妳。」

「笨蛋。」

她面紅耳赤、眼眶泛淚地瞪著我。為什麼第一次接吻後要生氣啊？太莫名其妙了，害我不小心笑出來。我就是喜歡這樣的妳。

「……再說一次。」

「說什麼？」

「剛才那句話，再說一次。」

她閉上眼睛，一臉要我吻她的樣子。

我苦笑著摟緊她的腰。

「最喜歡妳了，小——」

藍花於眼前一閃而逝。

「——兔羽。」

她笑了笑。

「……我也喜歡你，大吾。」

她再次向我索吻。

我一面親吻她，想到一件事。

（獅子乃妹妹現在肯定在作夢吧。）

為什麼呢？唯有這件事，我再清楚不過。

第五話　兔兔賽車大賽——賽獅娘

宇宙曆三七二一年，地球這顆星球已然淪為沒用的垃圾。

「人口一百二十四萬人，人類可生存區域為二十一％以下，平均年齡八十九歲，成長率年年下滑。」

人類誕生的星球——地球。人類這種生物將地球的資源消耗殆盡，作為線索通往漫無邊際的宇宙。宛如存在於過去名為日本的國家的小蟲子——剪刀蟲，在誕生的瞬間就吃光母親的身體。

「正因如此，我們有義務保護逐漸走向滅亡的母星。你有在聽嗎，小吾？」

我——千子獅子乃的男友，或者說戀人……搭檔……我還在煩惱該怎麼稱呼他，總之跟我有著穩定關係的男性幾乎一絲不掛，蒙著眼回答：

「那不重要啦，小獅。不管怎麼樣都不能拿掉眼罩嗎？」

浴缸裡的熱水發出水聲。

「絕對不行。」

不行。當然不行。再說這個狀況是怎樣？為什麼我們會一起洗澡？

「可是小獅，妳穿著泳衣吧？」

「……是沒錯。」

「那有什麼關係？」

關係可大了。因為是緊急去市場買來的便宜貨，一點都不可愛。我不想讓他看見這種花紋的泳裝。

……因為我連身體都還沒有讓他仔細看過。

「我、我只答應要幫你擦背，是你自己強行抓我進來泡澡的不是嗎？我都說不要了。」

「……有嗎？我怎麼記得妳挺有興致的。」

我正在跟蒙住眼睛的他一起泡澡。我身穿泳裝，他則只有在腰間裹著一條毛巾。毛巾隨著熱水晃動，導致我心神不寧。

「歸根究柢，是你有問題。竟然會對女生感到興奮，跟古代人一樣。」

以前——人類在地球生活的時期，人類似乎會愛上別人。跟異性或同性戀愛，還有叫做結婚的制度。所謂的「性慾」隨著人類的成熟煙消雲散，人類再也不會愛上別人。

「虧妳有臉講這種話，妳也喜歡我吧？」

「我、我才不是你這種變態。」

他強硬地抓住嘴硬的我的手腕，我就算想逃也逃不掉。在這個時代力氣與性別無關，純粹是他的力氣比較大。

「嗚喵！」

「過來。」

他用力把穿泳裝的我拉到身邊，摸索著輕輕把手放到我的後腦勺，就這樣往他的臉上按。他用嘴巴堵住了我的嘴。

（——講得跟被強吻一樣。）

兩眼被遮住的他什麼都看不見，是我自己在他的臉接近時，調整成會跟他親在一起的位置。想跟他接吻的人是我。此時臉頰泛起羞恥的紅暈。

「……小吾是色狼。」

他撫摸我的背，嘴唇沿著我的獅耳輕吻。

一陣酥麻感爬上後背，我就像要挑逗他似的在他的耳邊呢喃。

「色狼。色狼。色狼……」

他露出溫柔的微笑。他知道我只是看起來在抵抗、看起來在罵他，其實只是在跟他撒嬌。如同輕咬飼主的小貓。

「妳是我第一個喜歡上的人。」

「……嗯。」

「我第一次想跟人接吻。接吻真厲害。我只在歷史課本上看過。」

「……我也是。」

他碰到我的地方染上紅色，彷彿初次感受到溫度。心臟怦通怦通劇烈地跳動，肚臍下方突然縮緊，令人難受。即使如此，我已經很努力在自制了。

「我喜歡妳，小獅。」

身體一顫。光是聽見他這麼說，我的身體──靈魂──就在歡呼，想要不受控制地被他索求。

「……我也喜歡你。」

我在他耳邊用微弱的聲音懇切地呢喃。聽見我那顫抖不已、可憐兮兮的聲音，他臉上綻放如同向日葵盛開的天真笑容。啊啊，這個人真的是。

「那麼，差不多該請妳幫我擦背了。」

「……真拿你沒辦法。」

「對了！要不要加一條不能用手的規則！」

「你、你腦袋有問題嗎！」

真是條邪惡的規則。再說不用手要怎麼擦背？我確實是「獅子」，卻沒有尾巴。他想叫我用身體的其他部位沾肥皂泡幫他擦背嗎？

「笨蛋笨蛋笨蛋笨蛋。」

「抱歉、抱歉。我開玩笑的。」

「……可以喔。」

「咦？」

「我只是覺得你腦袋有問題。就這樣……又沒有說不願意。」

小吾的表情僵住，我則從浴缸熱水裡站起來。

人工行星「瑪莉亞‧馬基林」是在宇宙中自由航行的巨大星球。其尺寸遠超地球，還可以藉由等間隔設置於衛星軌道上的傳送門製造器移動。不只是巨大行星，還是巨大的太空船——同時也是宇宙最大的歡樂街。

「將黑色律師移動到二十七號的格子。」

「那麼連接感質。」

閃爍著令人睜不開眼的奢華金光賭場中，小吾坐在連規則都搞不懂的賭桌前，下達連接感質的許可。多麼無防備的人啊。我嘆著氣默默看著他。

「可惡——！輸了！」

他在玩名叫「Life of You」的體驗型遊戲，使用輪盤、卡片以及量子模擬器體驗虛構的人生，以死得幸福為目標的惡質商品。是款具有強烈中毒性，在眾多銀河系中甚至被列為違法的遊戲。

「小吾，我們走吧。」

「下次一定會贏！只要那個時候考上第一志願，就有光明的人生在等待我。」

將一個人的人生——約一百年的時間壓縮成十五分鐘體驗，跟我們的現實一樣鮮明，他沒發現這個行為有多危險嗎？

「不行。該走了。」

「求、求求妳。再一次就好。」

「……如果你肯現在收手，睡覺時間我可以允許你拿下眼罩喔——」

「走吧。」

突然變得好聽話。我笑著牽起他的手。

「嗯？嗨，這不是D嗎？」

突然出現的，是臉上長滿扭來扭去觸手的男性（？）——克蘇魯紳士。他帶著一如往常的紳士笑容，對我們揮手。

「嗨——紳士！你也已經到啦。」

「更正確地說，是早上就到了。畢竟這裡不愁沒有娛樂活動。」

克蘇魯紳士跟我們一樣，是通過第二十九區的預賽，預計參加決賽的紳士。他是一位經驗豐富的老賽車手，已經參加過四次這場砲彈賽車「虛無的呼喚」的名人。人格高尚，有許多粉絲。

也就是說，和我們這種菜鳥不是同一個等級。

「您好，紳士，之前受您照顧了。」

「別客氣。只不過是互相幫助。」

看到他彬彬有禮地拿起帽子，大吾面露疑惑。

「……受您照顧？」

「關於比賽的事務手續，他教了我很多。地球政府的人全是老爺爺，大家都說不知道，害我很難做事。」

「這、這樣啊……是喔～」

他稍微別過頭。

「……你們單獨談的嗎？」

這樣質問是什麼意思？我陷入沉思，紳士在一旁竊笑。

「怎麼會這樣。傳聞居然是真的。你們兩個在談戀愛嗎？」

「咦？為何這麼說？」

「獅子乃小姐，D在吃醋啦。」

也就是俗稱的嫉妒嗎？怎麼可能。調皮又自由，總是帶著輕浮笑容的他，不可能會因為自己的女人跟其他男性講幾句話就嫉妒。

「……呃，誤、誤會！不是他說的那樣！」

（哎呀？）

真的在吃醋啊。哦～這樣呀。哦～

「……小吾好可愛。」

「什麼！」

他紅著臉往後跳。總是颯爽帥氣的他，說不定不習慣被誇可愛。還是像他這類型的人，會不想被人說可愛呢？

儘管搞不懂。這樣啊。他在吃醋啊。什麼嘛。呵呵。

「戀愛嗎？幾十年沒看到那麼美好的事物了。」

「紳士也談過戀愛嗎？」

「就一次。」

「哦？對象是誰？」

「——這個美麗的世界！」

他這麼說著，愉悅地跳起踢踏舞。我忍不住笑出聲。具有威嚴又討人喜愛，真是有魅力的人。難怪粉絲那麼多。

「……」

小吾又用五味雜陳的表情看著我。又吃醋了嗎……真的好可愛。可是不行。再繼續欺負他就太可憐了。

所以我握緊他的手心靠到他身上，用行動告訴他「我是屬於你的」。

「話、話說回來，要參加派對好緊張喔。」

小吾扯開話題以掩飾害羞。我暗自竊笑。

「……說是要讓選手打個照面。不過我們是鄉巴佬，嚇都嚇死了。」

「放心。只要喝杯酒、聊聊天，對鏡頭拋個媚眼就行了。」

砲彈賽車「虛無的呼喚」在這個遼闊的宇宙中，是人氣數一數二的賭局之一，經濟效益據說高達數京圓。比賽當然非常受到關注，記者也蜂擁而至。可是要我拋個媚眼，實在是做不到。

「什麼嘛，這樣就行了嗎？根本小菜一碟。哈哈哈。」

我那愚蠢的男友像這樣傻傻地笑著——真拿他沒轍。

宇宙第一的歌姬演唱會落下帷幕，宇宙第一的魔術師表演完宇宙第一奢侈的魔術秀後，宇宙第一的劇團派出管弦樂團演奏入場曲，我們緊張得全身僵硬，站到有現場七百萬名觀眾注目的舞臺上。

我們應該是在播放介紹影片時被叫到臺上，可是老實說我沒有任何印象。

小吾說「總之我拋了個媚眼」。我之後找到當時的影片來看，他的媚眼拋得有夠爛，兩眼都閉著，感覺會被誤以為是燈光太亮，好可憐。

「……啊——累死我了。」

這次我們在只有選手能進入的大廳，參加一般的自助餐會。牆邊站著數名記者，不過他們似乎禁止向選手攀談。

總共超過一百名的賽車手，全是不怕死的強者，氣場並不尋常。知名軍事企業的首腦、在其他運動領域無人不知無人不曉的運動員，還有背負各種國家或星球名譽的大人物。面對這種場合，會退縮再正常不過。

「哦！妳是那傢伙吧？跟我們在同一場預賽出場的……！」

然而小吾一點都不介意。因為他基本上做事不用腦袋。他反而在愉快地跟選手加深交流。他發現一位身穿白銀甲冑的女性，邊吃合成火腿邊跟人家搭話。

「叫什麼來著？記得是中庸什麼團的……」

「是中庸騎士團，小吾。我記得她叫做——」

我在選手名冊上看過。大概。

『Snail Knight。』

她用明顯的合成音冷冷回答。

（Snail Knight？記得是一種古老的語言……英文嗎？沒錯。意思是……）

我用奈米晶片搜尋，很快就查到結果。Snail——蝸牛。Knight——騎士。也就是說，她的名字是「蝸牛騎士」。好神奇的名字。

「哈哈哈，這樣啊。請多指教。決賽也加油吧。」

喝了酒的小吾笑得樂不可支。

『……你們為何要參賽？』

可是蝸牛騎士小姐語帶不悅地詢問我們。

「當然是為了成為全世界最快的賽車手啊！」

先別管這個胡言亂語的笨蛋了。

「我們受到地球聯邦委託，才會參加這場比賽。」

『地球？』

正確地說，受到委託的人只有我。而我需要小吾，才把他牽扯進來。我們本來就是為了這場比賽而製造的人類。是經過設計的。

『……原來如此。是這麼一回事啊。』

她一臉了然於心的樣子點點頭。雖然因為鎧甲的關係，我根本看不見她的表情。

『要是贏得比賽，就能獲得幾顆無人行星的所有權。對於陷入經濟危機、資源枯竭的地球來說，需要遼闊的國土。』

我有點驚訝。現在這個時代，竟然還有人這麼了解地球的情況。

『不過，妳覺得文明落後其他行星數千年的地球，事到如今有辦法奪得冠軍嗎？』

「嗯。會贏的。如果是這場比賽。只有這場比賽，我們有辦法取勝。」

我信心十足地瞪著她。沒錯。地球已經是沒用的垃圾。在整個宇宙都沒有存在感。就只是顆慢慢走向滅亡的星球。即使我們贏得比賽，也遠遠不足以供地球永存，總有一天會滅亡。儘管如此──

「對！因為我們是無敵，是最強的！比任何人都還要快！」

小吾笑著大聲宣言。我不由自主抱住頭。為什麼又在這種時候引來他人的注目？其他選手們殺氣騰騰地看著我們，記者也在蠢蠢欲動地觀察我們。

『……哼。』

蝸牛騎士看似不以為意地低聲說：

『給你們一個忠告。』

「請說。」

『別靠近九十二號選手。』

她的甲冑底下──露出一雙藍眼。

「……咦？」

『這是我送給基於「幫助他人」這種無聊理由而奔馳的你們的一點餞別禮。』

我拚命試圖回憶。九十二號選手？經她這麼一說，我應該曾經在新聞還是哪裡看過。

將其他人的機體全數破壞，獨自存活的賽車手。倫理委員會也審問過她，最後卻沒有加以懲罰。隊伍「兔子的夢」的——

「——莎辛喔？」

我起了滿身雞皮疙瘩，並且回過頭。

「初次見面，大吾。」

眼前是一名視線用骷髏假面遮住的少女。頭頂長長的獸耳——肯定是「兔耳」——在搖來搖去。聲音清澈得令人毛骨悚然。她故作親暱地碰觸小吾的肩膀。

「哦～♡你比螢幕中的樣子更可愛耶……♡」

「咦？」

「……如果你等等有那個興致，可以來姊姊的房間玩喔。」

我差點忍不住動手。不對，是已經動手了。響亮的一聲「啪！」傳入耳中。

「哦——好可怕。」

莎辛面不改色地接住我的拳頭，接著奸笑著說：

「這隻母獅是怎樣？真凶暴呢。小兔子都嚇哭了。嗚嗚——」

「……妳要一年四季都在發情是無所謂，可以別對我的男人出手嗎？」

我激動得連自己都覺得驚訝。

「等……妳們兩個在做什麼！」

小吾察覺到氣氛一觸即發，出面調停。

若是平常，我不會像這樣找別人碴。即使是小吾遭到誘惑，也不會氣得這麼厲害。為什麼？我不知道。

「呵呵，你在保護我呀？大吾真溫柔……♡」

「妳、妳的胸部碰到我了……！」

「我故意的呀？」

莎辛緊貼著小吾的背竊笑。我內心的嫉妒之火熊熊燃燒，不自覺地準備啟動穿孔槍。

「住手。」

扭來扭去的觸手突然冒出，抓住小吾的手臂把他拽過來。那當然是我們克蘇魯紳士的觸手。他一接住小吾的身體，便像在跳舞般原地轉圈，踏著輕快的步伐。其華麗的動作令周圍的觀眾讚嘆出聲。

「謝謝大家。」

他瀟灑地笑著朝四周揮手。

「……算了。」

眾人的目光完全被小吾搶走，莎辛興致缺缺地搖晃兔耳。

這麼說來，蝸牛騎士也在不知不覺間消失了。她到底是什麼人？

「我很期待比賽。別輸給其他人喔，獅獅。」

那什麼綽號啊。不，不對。說起來，她怎麼會……

「妳怎麼知道我們的名字？」

「咦——？名冊上有寫啊。」

「妳的意思是，所有選手的名字妳都記得嗎？」

「呵呵呵。誰知道呢。」

她笑了笑。如同海市蜃樓捉摸不透的笑容。

「要是你們在比賽上贏過我，我就告訴妳吧。」

怎麼回事？這種心情是什麼？看到她會猛烈湧上心頭的這種心情。

「相對的，如果你們輸了……」

莎辛搖晃兔耳輕笑出聲。

「把妳的他讓給我吧？」

「不可能。他是我的人。」

莎辛。看不清她的表情。不只是面具的關係。不管是語氣還是動作，一切都宛如謊言，連其中是否帶有含意都不得而知。簡直像倒映在水面上的月亮。

「既然如此，至少保護好他。」

我無法理解這句話的意思。

「因為那是妳的義務。既然妳說他是妳的人，至少要好好保護他。」

「……什麼……意思……？」

她笑了笑。依然跟海市蜃樓一樣朦朧。

「就算他現在是妳的人——」

她隔著面具凝視我。那種感情並非敵意。

「——最後贏的人會是我。」

莎辛語帶哭腔。啊啊。為什麼？之前明明都隱藏得很好，卻在最後一刻流露出一絲情緒。她帶著少女般的表情凝視我的小吾，少女般的聲音聽起來一副快哭出來的樣子。

■

我——御堂大吾騎著附帶車輪的完美機體「Sena」，在荒涼的大地上奔馳。速度是二馬赫，音速的兩倍。我們不得不在一瞬間下達判斷。

『〇·二秒後往右移動二十公尺。〇·二五秒後跳躍。〇·二五九秒後調整姿勢提高速度。〇·四二秒後準備承受衝擊。』

獅子乃——小獅和我透過網路連接在一起。不對，「連接」這個說法不夠準確。硬要說的話是「融化」。融化的靈魂在浴缸中混在一起的感覺。多人形成的神經網路。

『小吾，五秒後提升思考速度。』

『收到。』

比賽時我的任務是「減緩時間流逝的速度」……聽起來很帥，簡單地說就是死命動腦。我的腦袋動得越快，周圍的速度就會相對變慢，藉此爭取時間讓小獅掌握數十公里遠的障礙物，計算最適當的行動方式。

（可惡，汗水好礙事。）

時速兩千五百公里的這輛機器，一秒能跑七百五十公里左右。若能儘量在沒有障礙物的沙漠或草原上奔馳最好，不過路線上當然會有高山或懸崖，需要耗費大量的專注力。

『二十秒後會進入海中。』

『收到。』

砲彈賽車「虛無的呼喚」是穿過設置於陸、海、宙的特定光環，繞行星一周的競速比賽。除了穿越光環，其他路線並未加以限制，比賽前的路線規畫自然會成為關鍵。

雖說距離只有繞行星一周……以區區二馬赫的龜速，即使是這點距離，也得花上好一段時間。Sena的最高速度是三十馬赫以上，然而用那麼快的速度於地面奔馳，理所當然會出意外。這傢伙只有在宇宙的時候能發揮本領。

『進入海中。Sena，切換成潛水模式，趁現在休息吧。』

將速度提升至極限，較量技巧的「陸」。

靠支持團體調查來的情報和路線規畫分出高下的「海」。

憑藉機器的性能和剩餘能量決定勝負的「宙」。

（海中的障礙物比較少，對我們賽車手來說還算輕鬆。）

我喝了口飲料，幫在我旁邊集中注意力的小獅擦拭汗水。她負責規劃路線和掌握地形，所以無時無刻都在絞盡腦汁。

（……這孩子真的一直都是這麼認真，好帥啊。）

我不經意地回想起，兩年前跟她相遇的那一天。

兩年前——

鯨魚座的艾斯波可這顆星球上，存在著使用分裂工法讓建築物無限擴張下去的都市——新橫濱。這座城市的生物只有翠綠色的美麗青苔。開發殆盡的這顆星球，難以維持能夠供生物生存的環境。我看著滿布苔蘚的大樓群，坐上我的好搭檔——Ｓｅｎａ。

「腳下只有這片該死的大地。」

「穿過光環的人才是勝者。」

「至於敗者——」

「會死。」

Sena旁邊有一輛漆黑的賽車。坐在那輛賽車上的人，是相貌與我如出一轍，擁有跟我一模一樣的DNA，和我共享十四歲前記憶的人類。也就是我的複製人。或者說，我才是那傢伙的複製人呢？

「開始的信號是？」

「想開跑的人直接出發就行了。」

我們將引擎全開。錯綜複雜的大樓群中，可供巨大車身通過的縫隙跟針孔一樣小。然而我們能夠通過。只為比賽而誕生的我們。

「——出發。」

黑色機器與白色機器於同一時間在無人的星球上疾馳而過。

（兩秒後往右移動兩公分。那棟大樓快塌了。直接撞破牆壁衝過去。）

正常的神經不可能有這樣的速度。如果會意外身亡，那就去死吧。如果沒出意外，代表我是真正的我。我會變得更加純粹。就這麼簡單。

「喔喔喔喔喔喔喔喔喔喔——！」

拿出全力。拚上性命。燃燒靈魂。活下去。活下去。活下去。活下去。我要為此而戰。你也是吧？所以，我不會放開油門。在無人的星球上猛衝。

（我想要生命。想成為真貨。）

這一刻，巨大的太空垃圾擋住了我們的視野。我直線衝過去，驚人的衝擊導致機體嚴重扭曲。我立刻展開形似鑽頭的孔雀明王劍，強行破壞太空垃圾繼續前進，卻免不了碰到障礙物。沒有死於機體損壞或衝擊可謂奇蹟。另一方面我的複製人迅速閃開，取而代之機體直接翻覆。我們的差距僅此而已。

「——是我輸了嗎……」

另一個「我」走下漆黑機體喃喃地說。表情有點哀傷，卻又有點高興。先抵達終點的我滿身是血，並且將Ｓｅｎａ停在海岸邊。

（……我們長得一模一樣。不同的只有髮型和服裝。）

他露出看不出是輸家的清爽笑容。

「你之後打算怎麼做？」

「我……」

總共一千兩百三十四具的複製人中，我和他是最後兩個人。

海面映著紫色的月亮。就像我和他。

「你贏了。你是最後的御堂大吾。你是真正的原型。」

至今以來，我活著的目的只有殺死自己——為了成為真正的我。

「……——」

今後我將如何生存？將為何而生？

我的複製人笑了笑。是跟剛才一樣，看不出是輸家的燦爛笑容。

「喂，要努力活著啊。去做世上最愉快的事。那就是你唯一的義務。」

他低聲說著，關閉了生命維持裝置。他八成先將身體調整成會大量分泌腦內啡的模式了吧。儘管暴露在不適合生物的行星的空氣中，依然帶著滿足的笑容死去。

十二小時後，我的奈米機器收到一封信。寄件人是地球聯邦。「千子獅子乃」這名少女寄來的。內容是「請你跟我一起拯救地球」。跟二十年前在人類之間流行的世界系作品的女主角一樣。

■

名為「御堂大吾」的個體群，是地球聯邦創造的人類中思考最具融和性，為賽車而生的生物。光論思考速度，甚至優於我們「千子獅子乃」系列。

（這個人的眼神真神奇。）

這是我在地球聯邦破爛的會議室中，第一眼看到御堂大吾的感想。

「聽說獅子乃小姐是我的妹妹吧？」
「是的。我是跟大吾先生在同一間工廠製造的人類。」
他露出親切的笑容。
「生存率呢？」
「〇・一%以下。」
「意思是——」
「我以外的『千子獅子乃』全都自殺了。」
「這樣啊。」
用工廠生產人類，在這個大宇宙航海時代是必須的技術。即使發現了新行星，沒有能夠開發星球、在上面居住的人類就沒有意義。
（御堂大吾。聽說同型的複製人會靠賽車自相殘殺。）
外表看起來很平凡。是隨處可見的青年。雖然眼中好像帶著一絲凶光。
「妳為什麼想要拯救地球？」
「烏托邦重建計畫」——從數百年前開始，地球聯邦實施的政策之一。儘管處處失敗、處處受阻，還是勉強走到了這一步。
「……這個問題很重要嗎？」
我回問。他帶著哀傷的表情點頭，宛如迷路的孩童。

「我喜歡看書。」

「書？那是什麼？」

「用文字構成的故事。」

「文字？」

現在的娛樂活動，主要建立在靠感質共享知覺上。將故事透過手臂注射進人體內，或是將神經連接上資料庫。如今這個時代，文字這種東西只能在歷史課本上看到。順帶一提，我說的課本是便宜的藥錠。

「許多的古代故事。地球這顆美麗星球的美麗故事。」

「有趣嗎？」

「不有趣——跟其他娛樂活動比起來。可是，不知為何——」

每次看到地球這顆星球的故事，我都會無法控制地想哭。覺得懷念。我不打算為這種表情貼上標籤。純粹是被觸動了心弦。

「簡單地說……純粹是喜歡而已。」

「……」

「地球聯邦的命令，其實我也沒放在心上。我想守護自己喜歡的星球。」

聯邦的人認為擴展國土即可拯救地球，前途一片光明，能夠回到輝煌的過去。回到地球是「烏托邦」的數千年前的時代。

「書啊？我也想看看。」

「那我可以借你。這本書我剛好看完了。」

書名叫做《櫻花色的兔子》。少年與少女相遇，展開冒險的故事。

「這是……什麼樣的故事？」

「戀愛。」

「戀愛？呃呃——」

他板起臉來。戀愛確實是過於原始、粗俗的詞彙。人類在很久以前，好像會拚命摩擦身體，混合彼此的ＤＮＡ。

會不會被說可怕和噁心呢？我對此感到恐懼。

「超好看的！」

——然而隔天，他帶著燦爛的笑容回答。

「戀愛！超讚的耶。我也想體驗看看！」

「你、你這麼喜歡啊？」

「妳也有興趣吧？要不要一起試試看？」

多麼有勇氣的人。或者說有勇無謀？我感到困擾。我不可能沒興趣，可是要顧慮外人的眼光。而且，果然還是會怕。

「那麼……」

「嗯。」

「——要是你願意拯救地球。」

那我真是太期待了——他低聲說。帶著彷彿在跟神明祈禱長壽的表情。

「模擬程序結束。辛苦了。」

Sena的車頂掀開。我們拖著身體爬出來，汗水淋漓。

「辛苦了。給妳，小獅。」

小吾朝我伸出手。用「小吾」和「小獅」稱呼對方，是我們成為戀人時訂的規定之一。

戀愛對象好像會用特殊的暱稱稱呼對方。

「謝謝你，小吾。」

我用特殊的綽號呼喚他，握住他特別大的手掌。

光是這樣就讓我心跳加速。明明累成那樣，現在卻一口氣打起精神。有點不想讓他看到我滿身大汗的模樣。

（……戀愛真美妙。）

我想我第一眼看到他的時候，肯定就對他產生了些許好感。明明比任何人都還要傷痕累累，其實光是求生就竭盡全力，卻總是面帶溫柔的笑容。肯定是因為他很膽小，不習慣依賴他人。

（為了這個人，我一定什麼都辦得到。）

——所以人類才會失去愛意吧。我有點這麼覺得。

「就算是為了你，我也有辦不到的事好嗎！」

晚上，我迅速收回前言。

「要、要我穿……這麼透的衣服……跟你一起睡覺，絕對不可能！」

「可是，一定很適合妳，小獅。」

「不是那個問題！」

他突然說要送我禮物，我喜孜孜地將包裝完整拆開，裡面卻是輕薄的貼身衣物——即所謂的性感睡衣。

（穿、穿上這種衣服，會、會被看光！）

我的私密部位。不能給其他人看到的部位。我還沒有勇氣展現給他看。

「好不容易從今天開始不用戴眼罩，我想看妳穿可愛的衣服……」

「唔！」

他一臉遺憾，表情如同被雨淋溼的小狗。好卑鄙！看、看到那種表情，我會不忍心隨口拒絕。可是……我不敢穿這麼情色的衣服……啊嗚。

「……我不會穿。」

「求求妳！」

「求我也沒用。」

「這是我一生的請求！」

「……不行。」

「絕對很可愛，會很適合妳。」

「……就、就說不行了。」

「拜託。求妳了！」

「……」

啊啊，我這個女人真的沒救了。我感覺到臉頰熱得彷彿會燙傷人。

「……那麼——」

「咦？」

「那麼……你要……先把燈關掉。」

因為我終究拒絕不了你。我是什麼都願意為你做的女人。

■

我關掉房間的燈，她便用宛如即將融化的初雪的聲音呢喃「把頭轉過去」。我緊張得全身僵硬，同時轉身背對她。身後傳來衣物的摩擦聲。

（為什麼只是要看偏暴露的衣服，就這麼緊張啊？）

「可以轉回來了。」

「……嗯。」

我轉身走向她。她握緊被單，跟蓑蛾似的蓋在身上，面紅耳赤地別過頭。我鑽進被窩，她則輕聲倒抽一口氣。

「我可以看嗎？」

沒有回應。我伸手試圖扯掉被單。

「唔！」

「小獅？」

「……～唔！」

她用雙手死命抓緊被單，不肯讓我看見身體。我大可直接就這樣直接扯掉被單（我的力氣設計得比她大，而且她就算剛開始會生氣，最後還是會放棄抵抗，默默原諒我），可是看到她緊張的神情便下不了手。

所以我趁她雙手都空不出來，強行吻住她毫無防備的雙唇。

「……嗚喵♡」

我的舌頭滑過小獅的嘴唇，溫柔撬開她的嘴巴，探進微張的唇間，在她口中來回舔舐。我們第一次吻得這麼激烈，小獅瞪大眼睛。她比較保守，做這種事馬上就會抵抗。

「噗哈♡你……你在做啥咪啦♡」

話都講不清楚，看起來還有點缺氧，實在太可愛了。

「再不放手，妳就只能繼續任我擺布喔。」

「可、可是……」

「沒有可是。」

我再次堵住她還想辯解的嘴。她掙扎著想要別過頭，我卻在她口中為所欲為。吸吮她的舌頭。注入唾液。溫柔地親吻她。

「呼……♡呼……♡呼……♡」

她像發情的貓一樣氣喘吁吁，雙手逐漸放鬆。

（好想就這樣看能做到什麼地步。）

要是繼續親下去，她會變成什麼樣子呢？

我繼續親吻她，不時輕聲訴說愛意。她聽了身體一顫，在被單底下用光溜溜的腿纏住我。明明連抓住被單、抵抗親吻的力氣都不剩，柔軟得如同軟體動物的雙腿卻牢牢纏著我。

數分鐘後。數十分鐘後。時鐘的長針轉了一圈後，這個行為仍在持續。

「小……♡小、吾……♡欸♡討厭♡唔♡聽我說！」

「……怎麼了？」

我開口詢問，唾液便在我們之間牽出一條銀絲。她一臉陶醉。

「不可以……給我這種全宇宙最幸福的吻……♡」

她用迷濛的雙眼抬頭看著我，像在討好人，又像在要求人。

「不然……我會……」

「嗯。」

「沒辦法……反抗你……」

不知何時，她放開了被單。

（糟糕。我停不下來。）

絕對停不下來。我就像蟲子會往成熟的果實聚集，無法抵抗她的魅力。沒錯。正好相反。是我沒辦法反抗她才對。我絕對無法反抗這名少女的眼神。

「小獅——」

「……♡」

我溫柔地抱住她。她用力地回抱我。彷彿在尋求依靠。身體密切地貼合。她那如同柔軟絹絲的肌膚觸感，跟廉價的布料混在一起。應該是我買的睡衣害的。真礙事。我只想疼愛她一個人。

「喜歡……♡小吾，我喜歡你……喜歡你……♡」

她伸出舌頭，宛如討飼料吃的小鳥般索求我的唾液。我將液體注入她口中，她便一口接一口地吞下，彷彿在細細品嘗，同時帶著發燒般的恍惚神情。

「呼……♡呼……♡啾♡啾♡喜歡你……小吾……♡」

是女人興奮到了極點時的表情。淫蕩的目光跟平常冷靜帥氣的她形成對比。

（小獅跟我一樣。已經停不下來了。）

因此，我拚命咬緊牙關。

「……——抱歉。」

「咦？」

我抓住她的肩膀推開她。

「是我不好。」

「……呼……呼……咦？什、什麼？」

獅獅錯愕地看著我——我知道。

「在古代的人類文化……這種事要等結婚後才能做吧？」

「……！」

「我腦袋不好，所以我不知道，不過我猜，妳應該很重視這方面。」

「……小……吾。」

她兩眼圓睜，嘴巴合不起來。

「那、那個，不是的，我——」

「——所、所以！」

我想珍惜妳。想讓妳當全世界最幸福的女人。我決定要為妳實現所有妳想做的事。那就是我的生存意義。我們的生存意義。

「贏得比賽，拯救地球後——我們就結婚吧。」

「……咦？」

她握住我的手臂。

「小吾，你知道嗎？結婚的意義。」

「就是再也不會分開對吧？發誓永恆的愛對吧？」

我只有在書上學到一些皮毛就是了。老實說，我剛開始覺得那真的太扯了。以前的人好厲害。因為那可是「永恆的愛」喔？正常人不可能立下那種誓言。

不過，現在的話——

「我會永遠愛妳。」

「……唔♡」

「所以，那個，我想等作個了斷後再說——也不是啦。」

我知道她嚮往古代的文化。古代人亂來的勇氣與魯莽的決心，令她憧憬不已。而我就是喜歡那樣的妳。

「……結婚嗎？我們會永遠在一起，不管發生什麼事？」

「沒錯。等贏了比賽。」

「萬、萬一輸掉了？」

她露出泫然欲泣的表情。我笑著回答：

「我們當然會贏啊！別小看我！」

「……笨蛋。」

「妳不想嗎？」

她緊緊抱住我，把臉埋在我懷裡。妳這樣蹭來蹭去會碰到我的各種敏感部位動搖我的決心麻煩妳住手。

「——我想成為你的妻子。」

知道了。包在我身上。我一定是為妳而生。

無論發生什麼事，無論是多麼漫長的時間，我都會一直愛著妳。

在銀河的角落。在世界的中心。我們誠心相信著愛情。

（啊啊，都這個時間了。）

離比賽開始還有六小時。

（絕對不能輸。）

怎麼會這樣？——我的人生超快樂的。

☆

——我睜開眼睛。

「獅子乃妹妹，妳醒啦。」

他笑著注視躺在被窩裡的我。

「……為什麼不親我了？」

「咦？」

我稍微撐起身體摟住他的頭，使勁一拽。

「還要……更多……♡小吾……再多說幾次喜歡我……」

我將他帥氣的臉龐拉過來，把嘴脣湊過去。咦？不過？

（他怎麼這麼慌張？）

他比想像中更內斂、講道義的這一點我也很喜歡，可是我希望他現在能像野獸一樣襲擊我。把我當成柔弱的小貓，對我做一堆壞事。讓我知道我被你深愛著。

「獅……獅子乃妹妹……」

他在我們能感覺到彼此呼吸的距離開口。

「……咦？」

他叫我「獅子乃妹妹」。好奇怪。因為我們約好了。身為情侶，要用特別的暱稱叫對方。我是小獅，你是小吾。

所以。該不會。從夢中醒來了——

「——對不起！」

我放開手，跟他保持距離。我看到他哀傷的神情。環視周遭，這裡是我們的新家。我、大吾先生和姊姊在元町的家，我的房間。

「沒關係。沒關係……我不介意。」

看到我驚慌失措，他露出苦笑。我差點忍不住詢問。

（為什麼你剛才沒有抵抗？）

如果我沒有恢復理智，我們肯定會直接親在一起。

「會不會不舒服？」

「我……為什麼……」

「妳在搬家途中昏倒了。醫生說應該是貧血。」

我很清楚絕對不是貧血。他肯定也知道。

「……你怎麼會在這裡？」

「咦？」

「聽說你今天要跟姊姊去約會，跟她第一次接吻。」

其實我想問的並不是這個。

（你接吻了嗎？跟姊姊……跟我以外的人接吻了嗎？）

怎麼可能問得出口。因為我沒辦法故作鎮定。

「因為我得知妳昏倒了。」

「……咦？」

「莫名有種感覺。這叫做直覺嗎？所以我急忙跑回家了。」

什麼東西？

（你是因為知道我陷入危機，才趕回來的嗎？）

儼然是童話故事裡的王子。

（這樣太犯規了。）

我的身體好燙。因為不久前還被你緊緊抱在懷中。或許那是遙遠往昔的記憶，即使如此，直到前一刻我都還在與你相吻。

在這種時候對我說那麼帥氣的臺詞，我會撐不下去。

「獅子乃妹妹，我碰一下妳喔。」

「咦？」

他碰觸我的額頭。

「……——」

又大又溫柔的手。

「好像已經退燒了。妳剛剛睡到呻吟呢。」

別這樣。

（不要那麼溫柔地碰觸我。）

習慣被你疼愛的我的心，會反射性地索求你的愛。

（我會忍不住。）

光是被觸碰額頭，就會全身發熱。

「……你的手涼涼的，好舒服。」

「會嗎？妳是不是還有點發燒啊？」

「嗯。」

他用溫柔的目光注視我，溫柔地撫摸我的頭。

「對不起。」

「咦？」

不行。撐不下去了。下流的我握住他的手。

「……唔！」

我輕輕把臉貼在他的大手上。磨蹭他的手心撒嬌，將味道蹭上去。好舒服。好溫暖。好幸福。光是接觸到你的體溫，我就這麼……

「對不起，大吾……先生……」

「嗯、嗯。」

「……我只是……想幫臉降溫。」

「……沒關係。我的手借妳用。」

善良的你會輕易被我欺騙。

你對企圖搶走姊姊男人的壞女人，展露溫柔的笑容。

（明明不知道我在想什麼。）

喜歡。喜歡。喜歡。喜歡。喜歡。喜歡。喜歡。喜歡。喜歡。喜歡。喜歡。喜歡。

喜歡。喜歡。喜歡。喜歡。喜歡。喜歡。喜歡。喜歡。喜歡。喜歡。喜歡。喜歡。

「妳夢到前世了嗎？」

「是的。」

在發燒的狀態下。享受著你的溫度。注視那段記憶。

「我們真的是一對。」

「……妳果然夢到那個時候了。」

「你親了我好幾個小時。」

「嗯……嗯。」

「親了我好多下。嘴脣被你含住。舌頭被你吸住。還喝了很多你的口水。」

「……是、是嗎。這樣啊……嗯。」

他滿臉通紅地移開視線。這個反應可愛得要命，害我想繼續調侃他，繼續玩弄他。只有我知道你這樣的表情。

「而且，你還逼我穿上透膚的睡衣。」

「……我最後還是沒看到啊。」

「明明摸遍了我的身體。」

「……這個嘛，妳說得對。」

「你記得一起洗澡的時候，叫我用哪裡幫你擦背嗎？」

「……當時真的很抱歉。我太得意忘形了。」

我們四目相交，用細如耳語的聲音低聲交談，以免被其他人聽見。只有我們兩個聽得見。這是只屬於我們的祕密。

（前世……好奇怪的感覺。）

模糊得像遙遠往昔的記憶，又像上一秒發生的事。

（會不會其實這個世界才是在作夢呢？）

因為這樣絕對有問題。你怎麼會跟我以外的女生接吻。

「還有，大吾先生，你記得那個嗎？」

「哪個？」

啊啊，不行。絕對不行。不能說出那句話。我明明再清楚不過，愚蠢的我卻——

「——你說過會永遠愛我。」

我將臉貼在他的掌心上，依依不捨地用帶哭腔的聲音說。

他——啊啊，大吾先生的表情，看起來比我更難過。

「……——唔！」

我頭一次看到人類絕望的瞬間。

（不是的。我不是想害你傷心。）

對不起。我沒有那個意思。純粹是想到姊姊和你接吻，被強烈的嫉妒沖昏頭了。

我比任何人都還要希望你得到幸福。

「呵呵。開玩笑的。幹嘛那麼認真。」

所以我——

「笨蛋。」

讓表情凍結，裝出有如雜誌模特兒的完美笑容。

「我只是在你身上看到前世的影子，覺得不太爽，所以想逗逗你。」

為了你，再怎麼痛苦，再怎麼悲傷，再怎麼辛酸，我都笑得出來。

你知道吧？我能為你做到任何事。

我很強大。因為我是獅子。不會因為受到傷害就屈服。

（畢竟當時的我只會依賴你。）

你一定不知道吧。

「我不是說過，那都過去了嗎？都結束了。要我這麼講幾次你才聽得懂？」

「……嗯。」

你真傻。這個人真的不會說謊。你露出那種表情，一眼就看得出來你還對我有好感。眼中寫著「我愛妳」。還是說，那是我這個喪家犬的妄想呢？

「大吾先生，姊姊在哪裡？」

「跟費小姐一起去買能補充營養的東西了。」

這樣呀。那就好。

「大吾先生，我……可以睡一下嗎？」

「啊。嗯。那我先走了。」

「……謝謝你照顧我。」

我放開他的手。他微微一笑，離開房間。

我帶著完美的笑容目送他。理智得連我自己都感到驚訝的少女笑容。若無其事的表情。

因此，他關上門的瞬間——

「……嗚。嗚噫。嗚……嗚嗚……」

我咬住棉被，忍著不哭出聲。

（我早就知道了。）

姊姊和大吾先生接吻了。

（他明明是屬於我的。）

那個全宇宙最幸福的吻，他八成獻給姊姊了。應該還有邊親邊撫摸她的背。還會對她傾訴愛意。明明全是屬於我的。

——我已經連晚安吻都得不到了。

「嗚啊……嗚嗚。嗚噫……嗚嗚……嗚嗚！」

我跟小孩一樣不停哭泣，枕頭溼成一片。

（我很強大。因為我是獅子。不會輕易屈服。）

然而只是不會屈服。

不是不會受傷。

「嗚嗚……嗚嗚……嗚啊啊啊啊。」

我拚命忍住哭聲，等待止不住的淚水流乾。

（這是預料中的傷害。僅僅是附帶損害。）

我獨自在昏暗的房間中持續哭泣。

「——果然是這麼一回事啊，獅獅。」

窗戶打開。一位美女以月夜為背景坐在那裡，對我投以看不出情緒的視線。我感覺到心臟瞬間凍結。

「……姊……姊……妳什麼時候……」

是她。千子兔羽。全世界最了解我的人。我唯一的家人。

——異常適合美麗的檸檬黃月亮的少女。

第六話　在太空歌劇起舞至天明

炫目的強光刺入眼中。

貫穿鼓膜的巨大歡呼聲刺入耳中。

我們坐進最棒的機器中。

『二十！』

觀眾放聲吶喊。那是比賽的倒數計時。一百輛閃亮的賽車排在宇宙的巨大光環中。其中會有多少位選手喪命呢？連靈魂都沒事先備分的不要命之人，肯定只有我們。

「小吾。」

「小獅。」

無須言語。該做的事再明確不過。

『十！』

Sena的引擎發出轟鳴。上吧，破銅爛鐵。打起幹勁啊。

『五！』

我本來打算賭上性命。

『四！』

本來覺得死了也無所謂。

『三！』

可是我遇見了妳。

『二！』

得知真正的恐懼為何物。

『一！』

真正的希望，只存在於那片黑暗之中。

『零！』

鈴聲響起。一百輛賽車立刻以超過音速的速度奔馳而出。雷射光瞬間瞄準高速行駛的賽車射出。數千顆飛彈企圖炸死對手。這就是砲彈賽車「虛無的呼喚」。在應有盡有的宇宙中最瘋狂的比賽。

「計算入射角！確認最適當的路線。十秒後衝進大氣層。」

「交給我吧！Sena，展開孔雀明王劍！」

Sena「嗡」的一聲回應，機體刺出鋸齒狀的藍色利刃。我等等必須操作這東西，將擋路的東西全數掃蕩乾淨。飛彈和雷射也好，跑來撞我的賽車也罷。休想妨礙我們奔馳。

「喝啊啊啊啊啊啊啊啊啊啊！」

加快思考速度。掌握現狀。確認彈道。想像先將刀刃放在該放的位置。不能展開反重力盾。那樣太耗能量了。大多數的選手都是依靠盾牌。那東西會增加空氣阻力，我不喜歡。

『再怎麼用華麗的詞藻包裝，這場比賽都是膽小鬼賽局。』

過去輸給我的複製人曾經笑著這麼說。我也有同感。這場比賽比的是能否面對死亡的恐懼。不會怕的人才能贏到最後，會怕的人才能活到最後。

紅髮播報員熱情地吶喊：

『現在第一名的是二號「滑鼠滾輪」！接著是一十七號「夢鷹」、八十二號「修拉修佩里」，以及三十五號「傑里科貓」！……噢，二號翻車了！緊急派出救援隊前去回收！已經有兩成左右的賽車嚴重損毀！』

我們現在第幾名？我感到焦慮，目光游移。

「小吾，專心！我們贏不了宇宙戰！現在先忍住！」

「……～～唔！好！」

在宇宙空間的比賽，無論如何都得端看機體的性能。地球這種沒落的廚餘星球製造的機器和機師，不論怎麼掙扎都贏不了先進星球的選手。

『各機接連衝進大氣層！這次選為比賽舞臺的，是鴿子時鐘座的騰格里。近年剛發現、可供碳基生物生存的星球！半徑六萬九千九百一十　公里的巨大星球。第一個光環設置在標高兩萬公尺！騰格里最巨大的山脈——斯普魯火山ㄒ！』

小獅大喊：

「離降落到地面還有三秒……兩秒……一秒……就是現在！」

「上……啊啊啊啊啊啊啊！」

形成類神經網路，我和小獅的思緒融合在一起。我們現在是合二為一的賽車手。超高速的計算灼燒著神經。我毫不介意。

『哦哦——！這時出現一個隊伍在領先集團後面窮追不捨！那個隊伍是十八號！十八號隊伍「Be More Chill」！在選手的見面派對上引起騷動，愛說大話的形象讓他們在網路上受到矚目！加速。加速。加速。加速！他們完全不擔心翻車，在複雜的地形上不斷加速！』

砲彈賽車「虛無的呼喚」是在陸、海、宙競速，鐵人三項形式的比賽。科技落後的我們在宇宙空間會屈居下風，星球又沒辦法提供支援，所以也不適合海裡的比賽。然而，唯獨在地面奔馳的技術，我們不會輸給任何人。

『「Be More Chill」還在加速……根據剛才得知的情報，「ＢＭＣ」是地球出身的隊伍。人類的故鄉——地球！沒錯！他們是整個宇宙中，唯一一個在地面比賽了數千年以上的星球。人類的移動方式轉為使用傳送門後，人們就不再需要「車」了。大部分的星球都不會製造車輛。可是！可是！地球不同。只有地球不一樣！歷史、技術與先人的熱情還留在地球上！ＢＭＣ在加速！還在加速！追上領先集團，直接超車——！豐田、日產、法拉利、寶獅、梅賽德斯、福斯、通用汽車！特斯拉、富豪、勞斯萊斯！古代地球的大公司，於此時此刻！震驚了全宇宙！』

……總覺得他喊著奇怪的咒文。那位播報員是歷史宅或汽車宅嗎？

「一口氣甩掉他們吧，小獅！」

「嗯！你只要看著前方就好！」

二十七號「夢鷹」高速撞向我們。小獅展開珍貴的反重力力場。為了搶走分數，那些傢伙打算不擇手段。

「……看招！」

「夢鷹」死命衝撞，企圖摧毀Ｓｅｎａ。小獅靈活地操控反重力力場，使得敵人撞過來的作用力嚴重扭曲。機體瞬間加速。

『還要繼續加速嗎！「夢鷹」完全追不上！好快！好快！好快！ＢＭＣ跟後面的隊伍大幅拉開差距——抵達第一光環！大爆冷門！大爆冷門！早已滅亡的我們的故鄉——地球！率先穿過第一光環！』

我們擺出勝利的姿勢，小獅嘖了一聲。

「後面。那傢伙來了。」

我打開地圖。上面的標記是我看過的機體。

『第二位抵達終點的是九十二號，「兔子的夢」隊！奔馳時安靜得令人毛骨悚然，緊跟在ＢＭＣ後面！』

「兔子的夢」——自稱莎辛的兔耳少女。

（小獅異常反感的那個人嗎？）

——腦內突然響起**在銀河行駛的列車**鳴笛聲。

「……」

剛才那是什麼？我一頭霧水，搖頭將其驅散。

■

『哈囉——♡獅獅♡大吾♡』

面具兔耳少女的全息投影，投射在於深海奔馳的Sena內部。

「……妳是莎辛？妳怎麼知道這條線路！」

『地球的破爛線路，一下就駭得進去。』

我們在地面的比賽奪得佳績，在海裡的比賽卻低調到不行。海裡的比賽關鍵是事前調查和支援，我們的名次八成早就掉到後面了。

「先不說這個，妳的GPS故障了嗎？」

『咦？大吾，怎麼突然問這個問題？』

「不然妳不會來追我們吧？要我派修理機出去嗎？」

頭好痛。他人未免太好了吧。怎麼可能是那樣。這個人真的完全不會懷疑別人。莎辛想必也很傻眼——

『……啊。不……不是……嗯。謝謝。不過，不是的……別擔心。』

「這樣啊。那就好。」

他展露燦爛的笑容，莎辛紅著臉別過頭。到底怎麼回事？根本摸不透她的情緒。

『那不重要，我是來跟你們交涉的。』

我和小吾面面相覷。

『這一帶的海域有豐富的干擾電波，很難被竊聽，只有現在能跟你們通訊。』

「竊聽？誰？」

『誰都好。主辦大會也好，地球聯邦也罷。』

莎辛笑了。

『我希望你們在這個階段退出比賽。』

「這怎麼行。」

儘管我們在海中比賽的名次確實大幅下降了，這點落後完全有辦法追回來，沒道理現在退賽。

『我想也是。打從一開始就知道了。既然如此，我就要硬來嘍♡』

喀當——不祥的聲音傳入耳中。機體傾斜，突如其來的慣性導致我們差點跌倒。

「什麼……！」

『那我先走嘍——☆』

Ｓｅｎａ的控制面板發出刺耳的警報聲。我立刻掌握現狀，努力試圖挽救。小吾問我發生什麼事。這是——

「那女人把病毒送進來了！」

到底是用什麼方法？我自認控制系統的防火牆，用的是全宇宙數一數二好。她要如何在那麼短的時間內破解？不可能。

「系統……五秒後復原。不影響移動。害我著急了一下，看這情況應該……」

沒問題——話才說到一半，我突然發現。

「……路線連同深海地圖一起被刪除了。」

「妳說什麼！不過可以連接上雲端吧？」

「不行。這片海域有豐富的干擾電波，不能使用傳送線路。」

原來如此。所以她才會選在這個時機。這個騷擾人的方式還挺費工的嘛。

「那個女人……給我記住……」

「小獅，妳的眼神有殺氣。」

現在可不是講這些的時候。我踩下Ｓｅｎａ的煞車。

「妳在做什麼？放慢速度的話……！」

「沒辦法。沒有地圖卻在海裡全速行駛，肯定會翻車。我們只能發送求救訊號，等待救援了。」

海流的速度並不尋常，浮上海面應該也有危險。只能憑靠聲納，移動到附近安全的地方避難——

「——除了放棄，別無他法了嗎？」

小吾握住我的手制止我。

（……我也很不甘心。）

可是沒辦法。我無計可施。真的無計可施到讓人忍不住想笑。可以說輸得一敗塗地。

叮咚——綠燈亮起。那是某人收到求救訊號的信號。

（已經有人接收到了嗎？未免太快了。）

有選手剛好在附近嗎？

『你、你們好。』

映入眼簾的，是閃爍微光的粉彩色人魚的全息投影。不對，不僅如此。她頭上戴著的是護理師帽嗎？

「妳好，我們是十八號的『ＢＭＣ』隊。機體出了點問題，可以請妳穿過這片海域後通知主辦單位嗎？」

『呃……呃——那個，我不是選手。』

「咦？這裡是無人行星吧？妳是主辦單位的人嗎？」

人魚護理師莞爾一笑。

『我——叫做Ｓｅｎａ。ＡＩ Ｓｅｎａ。侍奉人類，疼惜人類之人。』

我一時之間無法理解，腦袋僵住。她說她是ＡＩ。這還不算什麼。畢竟宇宙中有無數擁有人權的ＡＩ。雖然聽說他們大多窩在網路裡，並不罕見就是了。問題在於——

「妳說妳叫做Ｓｅｎａ嗎？總覺得好巧喔。這艘船也——」

『大吾，好久沒有像這樣直接說話了呢。你精力十足的樣子，我一直看在眼裡喔？』

「……咦？」

『我叫做Ｓｅｎａ。我就是這艘船。是這輛賽車的意志。』

怎麼會，不可能——我說不出口。高性能ＡＩ確實做得到這種事。

「從什麼時候開始的？」

『一開始。從地球聯邦將這艘船交給大吾的時候。』

「妳一直擁有自己的意志嗎？」

『沒錯。我一直在關注你們……一直喔。』

她的臉上浮現笑容。伴隨著哀傷的笑容。

『你們有兩個選項。』

人魚帶著溫和的神情朝我們伸出手。

『——第一個是回去比賽。你們應該會在那裡見到駭人的恐懼吧。』

「……恐懼？」

『沒錯，恐懼。令人失笑的恐懼。無可奈何的純粹恐懼。』

她接著說：

『——第二個是回家。地球會就此滅亡。你們會過著幸福快樂的生活。可喜可賀、可喜可賀。』

大吾展露陽光的笑容。

「這還用問嗎！當然要繼續比賽啊！」

Ｓｅｎａ笑了笑。彷彿打從一開始就知道他的答案。寂寞地笑了。

「你、你冷靜點……」

「放心吧，小獅。我會保護妳。」

「……唔！」

現在的情況不容許我為這句帥氣的臺詞小鹿亂撞。

（不對。正好相反。）

我很清楚你會保護我。所以我害怕的是相反的情況。

我卻無法將那異常的恐懼訴諸言語——

「求求妳，Ｓｅｎａ！如果有辦法繼續比賽，我想要繼續！為了我們和地球！」

『了解。這裡好像是文明發達的次元……不過這種東西，不是我的對手。』

機內瞬間綻放彩紅色的光芒。宛如人魚的鱗片。控制臺亮了起來。深海地圖以意想不到的方式，跟拼圖一樣組合成形。轟隆——引擎發出響亮的轟鳴聲。

（騙人的吧？怎麼可能？）

再怎麼優秀的ＡＩ，都不可能有這麼高的性能。再說速度差太多了。地球聯邦耗費數個月的時間做出的地圖，Ｓｅｎａ一瞬間就完成性能遠在其之上的版本。不僅如此，機體還被改良得更加節能。這究竟是如何辦到的？

「呀哈——！太棒了，Ｓｅｎａ！不愧是我的搭檔！」

『討厭啦♡再多誇我幾句——♡』

我們一口氣將油門踩到底。看這情況，搞不好有機會扳回一城。

（可是為什麼呢？）

為什麼我要拚命將他的表情烙印在腦海裡呢？

——遙遠的彼方傳來隕石墜落的巨響。

身在海底的我，明明不可能聽得見那種聲音。那肯定是錯覺。

■

戴著骷髏面具的兔耳少女正在歌唱。

「——我至今依然相信愛情。」

「天使和惡魔。」

「天國和地獄。」

「衣櫥裡的幽靈。」

「聖誕老人的禮物。」

「廁所裡的花子。」

「——都不存在。我明白。」

少女仰望星空，手裡握著愛用的鋸子。

站在閃亮的賽車上，凝視廣闊無垠的宇宙。

「——儘管如此，我依然相信愛情。」

「比起絕望。」

「比起憤怒。」

「比起惡意。」

「比起失意。」

「比起恐懼。」

「比起永恆。」

「比起無限。」

「比起心死。」

「——我相信愛情更加強大。」

她的歌聲如同天使般清澈。

「如果明天是晴天。」

「就邀你出一趟遠門吧。」

「如果明天世界會滅亡。」

「就捨棄一切戰鬥吧。」

這聽起來就像終焉之聲（Apocalyptic Sound）——螢幕後面的某人說。

「——我至今依然相信愛情。」

「就算只有一個人。」

「即使要狼狽掙扎。」

「即使會遍體鱗傷。」

「即使看不見結局。」

「即使沒有任何人記得我。」

「——我依然相信愛情。」

宇宙忽然充斥光芒。蔚藍的燐光。世界終結的光芒。

無人不知、無人不曉的末日預告。宇宙的自殺願望。無法逃避的死亡本能。

體現死亡恐怖的怪物現身時發出的藍光，侵蝕了宇宙。

「不能待在你身邊也無妨。」

「不能給你早安吻也無妨。」

「不能在你懷裡沉睡也無妨。」

「不能被你傾訴愛意也無妨。」

——藍色隕石出現在漆黑的空中。

「就算這樣也沒關係。」

「我會相信愛情。」

「我會為你而戰。」

宇宙轟隆作響。世界的終結揭開序幕。人人都嚇得哭喊。

「——放馬過來。我才不會輸給妳這種貨色。」

少女有如為愛與世界為敵的主角般拿起鋸子。

■

宇宙分裂了。

「小吾……那是——」

「……嗯。」

衝出深海的我們，看見分裂的宇宙。宇宙被藍光一分為二。是隕石的光芒嗎？藍色隕石的引力，導致世界劇烈晃動。

「這場比賽就是膽小鬼賽局。」

我們的目的地，應該就在藍色隕石的行進路線前方。小獅冷靜地計算路線。太棒了。不愧是我的女人。不會因為這點小事而逃避、膽怯。

「其他選手可能已經去避難了，我們的勝率有所提高。」

「死亡機率說不定也提高就是了。」

她不安地望向我。我知道。妳對自身的生死半點興趣都沒有對吧？毫不畏懼死亡對吧？我也是。死這種事沒有什麼好怕的。

只不過，我害怕妳受傷。妳也一樣吧？所以才會用那種眼神看我對吧？

「拿出全力上吧——」

「嗯！」

Sena的機體朝宇宙傾斜。我們瞬間加速，一轉眼就穿越了大氣層。眼前是巨大的隕石，像深藍色寶石一般綻放美麗的蒼藍。

「——好美。」

「……那顆隕石到底是什麼？強烈的傳送門光芒使得次元扭曲了。」

「會妨礙移動嗎？」

「目前不會。計算軌道。確定閃得掉。」

可是騰格里這顆星球八成會滅亡——她接著說。語氣聽起來有點難過。我們在這顆星球上展開了激戰。就這樣看著它消失，未免太可悲了。

「……等一下！計算結果有變。」

「什麼？」

「隕石修正軌道……在往我們這邊接近。」

「怎麼會這樣？躲掉吧。」

「正在這麼做。可是結果沒有改變。隕石在追蹤我們！」

不曉得發生了什麼事。小獅想必也一樣。她睜大眼睛持續變更路線，計算隕石的軌道。

『——停下來，D。』

低沉穩重的聲音響起。不是對Sena發出的訊息。是在真空的宇宙中響起的聲音。

「那是『海洋紳士』？是克蘇魯紳士的機體！」

「……真的是嗎？」

紳士的機體應該是閃亮的鮮紅色，現在卻被半透明的噁心觸手覆蓋住，釋放難以形容的恐懼氣息。那到底是什麼東西？

『D，立刻停下來。否則我會開始對你們發動攻擊。』

「……你……在說什麼啊，紳士……？」

『停下。』

「就說了告訴我！原因啊！」

我們並未打開通訊迴路，紳士卻用清晰可聞的聲音回答。用我們所不知道且充滿威嚴，如同上帝一般的音色。

『藍色隕石——那東西的目的是你。』

「……什麼？」

『只要你還活著，它就會追著你不放。那是會毀滅宇宙的災厄。』

小獅驚訝地望向Sena。護理師服人魚哀傷地移開視線。

「為什麼？莫名其妙！隕石的目標是我？什麼意思！」

『這個故事很長。非常漫長。是從遙遠的前世——不，遙遠的次元持續至今的故事。』

瞬間有什麼東西閃過腦海。穿女僕裝的獅子乃小姐。一九六〇年代。銀河列車。不只這些——還只是少年少女的我們。對抗諾斯特拉達穆斯大預言的一九九九年……這是什麼？到底是什麼的記憶？

「……所以？你想叫我做什麼？」

『D，殺了千子獅子乃。現在立刻。斬斷這段因果。』

「啥？」

『因為那就是你們之所以是你們的條件。只要其中一方喪命，隕石就會失去力量。』

我聽見歌聲。不，是聖歌。在遙遠的往昔——肯定是幾兆年前，為了讚頌古老的支配者而唱的美麗歌曲。

「哈！別開玩笑了，紳士。我不可能傷害她。與其做這種事，不如讓宇宙滅亡。」

『嗯，我想也是。你們就是這種人……跟以前一模一樣。』

喚來瘋狂的恐懼覆蓋了海洋紳士。過於驚悚的畫面令我不寒而慄，彷彿冰水直接灌入腦中。這股魄力足以讓人一口氣失去理智。

「有種來啊！要攻擊我們就試試看。我們會比你更快！更快！把你甩得遠遠的！知道為什麼嗎？因為我們是賽車手！」

「……小吾。」

我發下豪語，小獅抓住我的手。

「等、等一下……真的等一下。萬一他說的是真的……」

「啊？妳在說什麼啦。那種胡言亂語，傻子才會信。」

「騙人。你明明知道。你記得對吧？想起來了對吧？我們不是第一次看到那顆隕石。已經好幾次了。我和你。總是兩個人一起。世界——宇宙的滅亡，我們應該看過無數次了。我也是剛剛才想起來。」

該死。如果是愚蠢的我想起的回憶，那就只是一場誤會，可是連聰明的她都這樣說，就另當別論了。是嗎？真的是那樣嗎？

「紳士，你是來殺我們兩個之中的其中一人吧。」

『沒錯，吾友。』

你還在叫我朋友嗎……

「……小吾，假如他說的是真的，我沒關係——」

「妳再說下去，我就要動手嘍。」

我知道妳是那樣的人。

「我不是說了我們要一起活下去、一起逃走，然後結婚嗎？」

「……無論如何？」

「那當然。只要有妳在，我可以逃到宇宙的盡頭。」
「宇宙的盡頭？那裡有什麼？」
「有妳。有我。這樣就夠了。」
「……嗯。」
她笑了。我存在於此，就只是為了守護她的笑容。
「來啊！紳士！比比看誰膽子大吧！」
『要上嘍，D——靠你的勇氣，超越宇宙的恐懼吧。』
沉重的壓力膨脹起來。古老的聖歌撼動世界。海洋紳士伸出的觸手轉眼間變大，緊接著企圖抓住我們，沒有節省能源的餘地。
「Sena啊啊啊！」
『是的，主人！』
Sena回應我的吶喊，油門全開。不僅如此。她調整成最佳狀態的機體，變得比之前還要快——如同一道光。
「小吾！提高思考速度到最快！」
「喔！」
思考。思考。思考。神經劈啪作響。世界變成灰色。時間緩慢地流逝。更快。還要更快。死命盯著世界。連分子的動作都不要疏忽。神經變成單純的演算器。所以——時間——

靜止了——

「「興奮起來啦啊啊啊啊啊啊啊——！」」

獅子般的咆哮。閃亮的純白機體於靜止的灰色世界奔馳。此乃操控重力使出的甩尾。連聲音都拋在後面的加速。這裡是超音速的世界線。

『……跟狐步舞一樣美。不過我也——』

Sena發出「喀當！」的一聲劇烈搖晃。半透明的觸手並沒有逮到我們。數千根觸手像鞭子似的自在竄動，我們以超音速閃避。然而，有什麼東西撞到了機體，消耗開到最強的反重力力場。

「AGF（Antigravity Field）減少四十％。再這樣下去就糟了！」

（這是怎樣？到底是什麼東西在攻擊我們？）

肉眼看不見。測量儀器也沒有異常。雷達和聲納都偵測不到那是什麼。Sena突然低聲開口說：

『那是其他次元的技術。現在的你們甚至無法觀測到那股力量。』

「……其他次元？什麼鬼？所以紳士他——」

『沒錯。他也是穿越次元的冒險者之一。』

搞什麼。又是這種天方夜譚。

「小獅，祭出殺手鐧吧。」

「你認真……不對，你瘋了嗎？那是……」

「這樣下去只會輸掉。反正都沒希望了，不如賭一把！」

那是我平常的基本戰術。賭一把。拚上性命贏了最好。輸了就……嗯，笑著赴死即可。畢竟妳也會跟我一起。

「你真的是個無可救藥的賽車狂耶。」

小獅微微一笑，開始操作控制臺。我則專心閃避攻擊。

「展開迷你無人機。開始複製人工肌肉。離生成砲塔還有二十秒。」

「了解！」

二十秒內，機體的輸出功率會下降，處於無防備狀態。這段期間，我們無論如何都得繼續閃躲攻擊。思考。思考。思考。燒斷神經。感覺到腦漿沸騰了。管他去死。無時無刻都是這樣。死命求生。死掉就算了。

「唔喔喔喔喔喔喔喔喔！」

十九秒。壓低船尾閃躲攻擊。十八秒。準備閃躲下一波攻勢。十七秒。一口氣加速。十六秒。蜿蜒移動，在移動過程中混入假動作。十五秒。鑽進觸手下方。然後在零點幾秒內——往右左右左上旁邊旋轉，再往左左上下又左右下上左移動。十四秒。瞬間停止。敵人的攻擊徹底揮了個空。十三秒。太快了。逃不掉。抵禦攻擊。十二秒。啊啊該死要沒命了。這要怎麼躲啊。十一秒。勉強存活下來。繼續跳舞。十秒——時間停止。

『D————！』

九秒。往左右移動，擴散。八秒。行為模式被看穿了。七秒。在千鈞一髮之際閃開。六秒。沒問題。五秒。全速前進。右翼破損。四秒。右左上上下右左右下上左。三秒。以超高速連續做出十二次英麥曼迴旋。兩秒。左翼也破損了。立刻展開劍刃。重整態勢。一秒。

「砲塔生成完畢！捕捉目標。最大輸出功率！隨時可以發射！」

「上啊啊啊啊啊啊！」

強光瞬間覆蓋宇宙。是Ｓｅｎａ製造的砲塔射出的巨大全方位雷射光。繼承孔雀明王劍特性的雷射光，以龐大的能量為代價讓所有護盾震動，將其破壞。正確地說，是破壞把頻率調整成跟它一樣的我們以外的萬物。

「能量剩下三％。這樣就真的見底了。」

「……可是，我們贏了！」

光芒消散。眼前看不見「海洋紳士」的影子。正面接下如此強力的攻擊，不可能還有辦法移動。我們舉手擊掌，踩下油門。

（紳士……你——）

他想殺死我們。他稱呼我們為朋友。這樣不是矛盾了嗎？

『——永遠沉眠的克蘇魯，在夢境中睜開眼睛。』

真空的宇宙響起聖歌。

「……咦？」

「什麼！」

有如宇宙的神明。

有如深遠的恐懼。

有如普遍的終焉。

巨大的觸手塊，在巨大黑暗的正中央蠕動。

『真不愧是你，D。沒錯，你們人類總是這樣。憑藉微小的勇氣，面對駭人的恐懼。簡直像故事書裡的勇者。』

「……真的假的。」

『——這樣就好。人類這樣就好。用愛與勇氣的燈火，照亮終焉的黑暗吧。』

真該早點發現的。「那東西」不是區區人類能夠為敵的存在。「那東西」是過於巨大的存在，打從一開始就沒有勝算。

『結束了。』

觸手塊在眨眼間展開，擴張到足以將一整顆星球吞沒的距離，跟張開雙手抓蜻蜓的小孩一樣，試圖壓爛我們。

Sena的機體扭曲。發生核融合反應，然後爆炸。如同小規模的太陽。

『對不起。』

我的朋友如此喃喃地說。一瞬間的靜寂籠罩四方——就在這一刻。

「——先走嘍！」

純白機體在宇宙中奔馳。速度超越音速。一面用迷你無人機修復機翼。

『……什麼！』

「你上當了，紳士！」

他壓爛的是用迷你無人機投射的Sena全息投影。只有表面的話，靠複製人工肌肉即可完美重現Sena的外形。

「這就是我們的殺手鐧，斷尾求生！」

「……以殺手鐧來說還真遜。」

「我們不是士兵，是賽車手！講求的是速度。僅此而已！」

用雷射光讓紳士的測量儀器發生故障來封住他的視野，趁機複製誘餌往截然不同的方向逃走。要罵我們卑鄙就罵吧。不管怎樣，跑得快就贏了。那就是砲彈賽車「虛無的呼喚」！

『等一下……！D！』

「覺得不甘心就來追我們啊！不過以那個大傢伙的速度，應該追不上吧！」

讓「海洋紳士」巨大化，恐怕就是他的殺手鐧。伸出巨大化的觸手專注在攻擊上，不過代價是會失去機動力。

「小吾，要逃去哪裡？」

「當然是終點嘍！」

「事到如今，你還想著比賽呀？」

「比賽還沒結束，去奪得勝利吧！」

「呵呵。是啊，你說得對。我會陪著你。」

抵達終點。還從隕石底下逃離。我們肯定辦得到。

「——走吧，去做世上最愉快的事。」

比任何人都還要快。比世界終結都還要快。

■

『大混亂！大混亂！虛無的呼喚史上第一次發生的世紀大混亂！藍色隕石導致次元扭曲，傳送門處於不穩定的狀態！人工行星「瑪莉亞．馬基林」也可能遭受波及，現在場面一團混亂。人們嚇得哭喊！搶著要逃走的人大排長龍！即使如此！即使如此，他們！那些不要命的傻子！依然在往光環直線前進！不，他們正在加速──衝刺，衝刺，衝刺！』

紅髮播報員激動地吶喊。我下意識心想「你也快逃啦」，可是我們兩個肯定沒資格講這句話。

『為什麼他們之中沒有半個人放棄呢？為什麼面臨生命危機，他們卻跑得比任何人還要快？不過可以確定的是，我將見證這場比賽的結局。即使要賭上這條命！也要看你們奔馳到最後！直到最後一刻，都要繼續播報！所以！所以！衝啊！衝啊！衝啊啊啊啊啊啊啊啊！』

聽見這段實況轉播，我望向旁邊。大吾噗哧一聲笑了出來。我也忍不住笑出聲。

「小獅，那就是領先集團！」

「是的！我們追上了！」

能量見底。特別是盾牌和刀刃也早就耗盡。儘管如此，由Ｓｅｎａ調整成最佳狀態的引擎一直維持在最高速度。

『最後一段路──！使出渾身解數！所有賽車手此刻都在朝藍色隕石狂奔！宛如流星，連聲音都拋在身後！最前面的居然是大黑馬！九號「La Perca Perca」！第二名是三十五號「傑里科貓」，讓我們見識到名門的矜持。數十顆流星在星空中奔馳，不論誰獲勝都不奇怪！啊──！這個時候！有人追上了！追上了！那是！十八號！十八號「ＢＭＣ」！速度非常快。該不會、該不會！「ＢＭＣ」破破爛爛的機體向前、向前、向前！追上了領先集團──咦？不對，這是……！』

Sena的速度開始變慢。我馬上確認狀況。

「……是隕石！隕石害得次元扭曲，導致我們的速度變慢了！」

「該死。我們沒有反重力力場，所以影響特別大嗎……」

思考取勝的辦法。絕不放棄。因為我們會贏。然後結婚，獲得幸福。比任何人都還要早抵達終點。他笑著說：

「獅獅，剩下就交給妳了。」

「……──咦？」

「絕對要贏喔。」

小吾立刻打開艙門。刺耳的警報聲同時響起。為了以防萬一而穿在身上的反重力服，會在身周創造出可供人類生存的環境。

「我愛妳。」

「──笨蛋。」

我知道他在想什麼。再清楚不過了。啊啊，這個人──

小吾躍向宇宙。

他藉由數百架迷你無人機和人工肌肉產生小小的推進力，以驚人的速度在空中狂奔。

「笨蛋！笨蛋！笨蛋！笨蛋！笨蛋啊啊啊啊啊啊啊啊啊啊！」

他應該早就聽不見我的呼喚。

（隕石的目標是小吾。如果那是真的——）

我望向測量儀器。藍色隕石的軌道大幅偏移……是真的。

（隕石對Sena造成的影響減弱了。這樣一來……！）

——我沒有猶豫。

『十八號！「BMC」！猛追而來——！什麼……太快了！簡直跟光箭一樣！直線衝刺！怪物！根本是怪物！驚人的速度！……不會吧。沒有防護罩？……沒有防護罩。他們打算不靠盾牌，穿越擠在一起的領先集團嗎？這不要命的程度真是太恐怖了！機體被稍微擦到就會翻車！然而他們並未停下！「Be More Chill（冷靜一點）」——他們燃燒靈魂向前衝刺，跟隊名形成反差！』

——不要小看了。

「喔喔喔喔喔喔喔喔喔喔喔喔喔喔！」

在最後一刻躲開往這邊撞過來的二十二號「味匠」。從七十六號「亞瑟熊」的下方鑽過去，太空垃圾貫穿了Sena的機體。無所謂。四十一號「天使的槍身」射出足以淹沒黑暗的彈幕。煩死了。煩死了。我沒空陪你們玩。

『十八號！「BMC」！現在超過九號「La Perca Perca」了！一對一！跟三十五號「傑

里科貓」單挑！擁有全銀河第一的資本力，大會二連勝的冠軍熱門人選——「傑里科貓」，跟我們失去的故鄉——地球的破銅爛鐵「ＢＭＣ」不相上下——！好快！好快！好快！現在比他們更快的只有光速。他們在藍色隕石的照耀下，往終點的光環衝刺！衝刺！衝刺！衝刺！』

——不要小看！我！小吾！以及地球！

「上啊啊啊啊啊啊啊啊啊啊啊啊啊啊！」

時間停止。

聲音消失。

唯有光線。

急遽地灼燒機體。

『——冠軍！冠軍是！十八號！「Be More Chill」！多麼的大爆冷門！以令人窒息的精湛技術抵達終點的！是「Be More Chill」！此時此刻！在這個宇宙！速度最快的！是地球！地球的賽車手！這是一場世紀大逆轉！有誰預料得到這樣的結局呢？我們的故鄉——現在！復活了！』

如雨般的光線！如雨般的聲音！從天而降的如雷歡聲！上萬盞聚光燈照在我們身上。數不清的螢幕凝視著我們。向全宇宙實況轉播的體育館，跟螢幕連接在一起。螢幕拚命追在速度遠超音速的我們後面。大量的觀眾看到我們紛紛大叫。那肯定是祝福。

他們在等待我們，想要看英雄一眼，想要聽英雄說句話。

「……──對不起。」

我瞬間調頭。

「我的比賽尚未結束。」

對不對，小吾？因為你跳出了Sena吧？

我要奪得冠軍，比隕石更快抵達你身邊。

那才是我們的完全勝利。對相信我的男人該盡的義務。

一想到你──我就覺得自己無敵。

「走吧，Sena！」

『嗯，獅子乃！』

我驅使滿身大汗的身體，駕駛破破爛爛的機體──放聲吶喊。

「喝啊啊啊啊啊啊啊啊啊啊啊啊啊啊啊啊啊啊！」

宛如獅子的咆哮。

宛如獅子的奔馳。

——衝向你身邊。

（我要守護你。不管失去多少次，不管毀滅多少次，都要將你守護到底。）

我沿著比賽的路線往回衝，在遠方看見藍色隕石。

『獅子乃，進入隕石的影響範圍內了。讓機體穩定下來。』

「收到！」

機身破爛不堪，連要維持平衡都有困難。不過，我的速度不可能輸給笨重的隕石。我要把隕石拋在後頭，把世界滅亡拋在後頭，和他一起得到幸福。

——忽然有一對「兔耳」從眼前閃過。

「……咦？」

「……啊。」

跟藍色隕石擦身而過的瞬間，我們幾乎在同一時間注意到對方。

「莎……辛……？」

她到底在做什麼？她站在藍色隕石上鮮血淋漓且遍體鱗傷，看起來剛跟什麼東西戰鬥過。她從大量的漆黑屍骸上拔出鋸子，身體開始散發蔚藍的燐光——那副模樣彷彿搶走了隕石的力量。

『……兔羽想要進行超距離的次元穿越。』

Sena咕噥著說。我聽不懂這句話的意思。

「兔羽？那是莎辛真正的名字嗎？」

『嗯。附近的次元沒有她想去的地方，所以她要移動到次元遙遠到無人能及的宇宙盡頭……宇宙誕生的場所。』

「……利用隕石的力量？」

這是怎麼回事？她在獨自推動那麼宏大的計畫嗎？在我們朝宇宙盡頭前進的期間，她已經在以更遠的地方為目標了嗎？

「可是，為了什麼？」

『為了戰勝命運。』

「咦？」

『她——在跟「命運」……也就是宇宙的法則本身戰鬥。隻身一人。已經很久了。為了實現自己一人的願望而戰。試圖破壞宇宙的法則。』

命運。多麼空泛的詞語。多麼恐怖的詞語。

（莎辛，我知道我為什麼不喜歡妳了。）

因為妳太過美麗。遠比我更加美麗。又比任何人都還要強大。

『獅子乃，妳快逃。』

「為什麼？」

『兔羽做了船。』

我望向身後。Ｓｅｎａ說得沒錯。站在隕石上的兔耳少女，將藍色燐光凝聚成一艘小船的形狀。穿越次元的船──摩奴之船。莎辛坐上那艘船咧嘴一笑。

「──最後一圈。」

她靈活地操控藍船，以光速奔馳。她在我背後窮追不捨。為何？仔細一想，我發現了。

（她追的不是我。在前面的是……──）

小吾。我的戀人。我的全部。他在宇宙中飄蕩。相信我會獲勝。

「這次我一定要收下『他』，獅獅。」

「……別說笑了。」

我們都只是輕聲說話，聲音卻像在耳邊呢喃一樣清晰可聞。

（莎辛的目的是小吾。她在為他而戰。為他旅行。）

不知為何，我完全可以理解她的心情。她肯定就是在為此跟命運戰鬥。試圖摧毀宇宙的法則。多麼勇敢又可怕的少女。

「那個人……」

我放聲怒吼。

「那個人……是我的啊啊啊啊啊啊啊啊啊啊！」

我使勁踩下油門。然而破破爛爛的Sena幾乎等於是在靠慣性移動。倘若想繼續戰鬥，我也必須捨棄什麼。

「……唔啊啊啊！」

我拿出刀子刺向自己的手臂，強行砍斷。由於我忘了切斷痛覺，痛得大腦發出悲鳴，可是我立刻採取應對措施。

『獅子乃！』

「Sena……用這個補充人工肌肉。」

我隨手扔出那隻手臂。迷你無人機接住它，馬上拿去補充人工肌肉。取得優質蛋白質的它們，將它分解成能源。

『趕、趕快止血！』

「沒那個時間了！」

我避開其他翻覆的機體全速奔馳。可惡。早知道或許應該砍斷腳。單手很難駕駛。

「獅獅……！我可不會放水喔！」

「——正好如我所願！」

莎辛如她所說的一樣，從船上發射成千上萬發的藍色子彈。散發蔚藍燐光，小兔子形狀的光彈。

（躲不掉！）

真是殺氣騰騰的彈幕。我忍不住輕笑出聲。

（咦？為什麼我剛才笑了？）

搞不懂。不過面對生命的危機，我沒有絲毫的負面情緒。

「……Ｓｅｎａ。」

『嗯。』

「謝謝妳一直以來的照顧。」

『不客氣。下次再一起玩吧。』

迷你無人機的３Ｄ列印機在Ｓｅｎａ的機體裡裝了機雷。我打開艙門迅速跳到船外，靠慣性和噴射背包在無重力環境內直線衝刺。

「什麼！」

Ｓｅｎａ引發鮮紅色的大爆炸。宛如超新星爆發。

莎辛乘坐的藍船──摩奴之船，防禦力有多高呢？就算有反重力力場，捲入那波爆炸也不可能毫髮無損──

「別小看我──！」

破爛的藍船從火焰裡衝了出來。

「妳沒看過航○王是不是！給我回去重看跟前進梅○號道別的那一回！」

莎辛不知道在亂吼什麼。她正在東張西望。沒錯，她跟丟我了。這就是我的殺手鐧——斷尾求生。

（速度……勉強還行？挺行的嘛。）

畢竟「賭一把」也是我們的基本戰術。我用無名指上的戒指操控迷你無人機，製造簡易傳送門。不曉得是不是隕石的影響所致，有點不穩定。我維持慣性的速度躍入其中。

「……咦？」

「妳好，莎辛。」

這種即興傳送門，頂多只能瞬間移動數十公里。可是只要算準時機——維持這個慣性的速度——即可移動到莎辛的船後面。

「……真的假的，妳這傢伙。」

「好了——讓我們用拳頭溝通吧。」

爆炸的衝擊導致莎辛的速度變慢了。這一瞬間。只有這一瞬間——能夠以肉身潛入她船內的瞬間，我用反重力服操控重力跳進船內。

「……居然肉身殺進以超音速前進的船內，妳是怪物嗎？」

莎辛想要拿出鋸子。我在那之前搶先跟她拉近距離，擒住她的手臂，用手肘撞擊胸口。漂亮的一擊。同一時間，她的膝蓋由下往上踹中我的下頷。

「喝啊啊啊啊啊啊啊啊啊啊啊——！」

「唔啊啊啊啊啊啊啊啊啊啊啊啊啊──！」

以拳相交。

擋掉她的踢擊，鎖住關節。

瞄準眼睛，遭到反擊。

就只是場認真的互相殘殺，甚至令嘴角不受控制地揚起。

（這個人……好強！）

假如Sena沒有在剛才的緊要關頭幫我止血，我肯定會因為失血過多而昏倒。我拚命驅使身體行動。可是為什麼？我是賽車手，不是士兵，靈魂卻知道身體該怎麼行動。宛如身經百戰的傭兵，俐落地互相殘殺。

「去死。」

──全身破綻。我抵擋住莎辛的攻擊，發現可乘之機。絕對殺得掉她。我這麼確信。

「嘻嘻。」

「……咦？」

我全力的一拳被看穿了。她在最後一刻閃開來。

「我對妳瞭若指掌，獅獅。」

她喃喃地說，使出華麗的掃堂腿絆倒我，想要給倒在地上的我最後一擊。

──會死。這個未來已經無法避免。彷彿一開始就決定好了。

（小吾。）

最後一刻，我想起他的面容。

不行。我要保護他。無論如何都要保護。死掉就辦不到了。

「呃啊！」

然而痛苦的呻吟從莎辛口中傳出，而不是我。

為什麼？她無力地向後退去，碰觸額頭。

「呼……呼……該死，沒時間了嗎……！」

莎辛自言自語的瞬間，她的面具裂開了。

「唔呃！」

是藍色的花。藍花破壞她的面具，她的一隻眼睛開出一朵散發燐光的藍花。不僅如此。

事情發生在轉眼之間。過於唐突。

——蔚藍色的花朵淹沒漆黑的宇宙。

（好突然。多麼美麗的……花園——）

那些花散發跟巨大隕石一樣的藍色燐光，從四面八方包圍我們。

「……獅獅，時間到了。」

莎辛看起來很痛苦地低聲說。

「我的超長距離次元穿越要發動了。儘管我很想帶走大吾——」

已經來不及了——她說。

「這樣下去，那顆藍色隕石會毀滅宇宙。」

「要怎麼做？」

「用超荒謬的方法。從結果上來說，這個宇宙會變成從來沒存在過。」

我一頭霧水，卻隱約可以明白。因為這道藍光的顏色實在太虛幻，顯然象徵著滅亡。

「所以妳要逃得遠遠的。帶著大吾一起逃得遠遠的。」

「為什麼突然講這個？明明直到上一秒我們都還是敵人。」

「因為時間到了嘛。我已經做什麼都贏不了妳。既然如此……既然如此……還能怎麼辦？只能給妳一點忠告了吧？」

說得有理。我沒道理相信她，本能卻在告訴我可以相信……為什麼呢？我好像比宇宙裡的任何人都還要信任她。

「妳真的——」

我查覺到了。

「妳真的愛著小吾呢。」

「喵嗚！才沒有，幹嘛突然講這個。好可怕。呃，嗯，不是啦，呃，咦，什麼鬼！」

她的表情太明顯，我差點真的笑出來。

「——怎麼？妳看起來像個戀愛中的少女。」

「我、我妹妹怎麼這麼囉嗦。」

「妹妹？」

「……啊──嗯──唔──該怎麼說呢……」

這樣啊。妹妹。我和這個人原來是姊妹。不知為何異常可以接受。

「我說真的。不行了。沒時間了。」

「妳要走了嗎？」

「沒錯。去跟另一個妳吵架。」

藍花從莎辛的其中一隻眼睛綻放，開始散發耀眼的強光。她笑了笑。

帶有一絲悲傷，泫然欲泣，如同落櫻的笑容。

「掰掰，獅獅。要幸福喔。」

那是發自內心的祝福。

「……嗯。」

我像小孩似的點點頭，她便被藍光吞沒、消失不見，想必是去遙遠的次元了。勇敢得令人生畏。宛如童話故事中的勇者。

（謝謝妳。）

不知為何，我在心中向她道謝。謝謝妳。還有，加油。

我最喜歡的姊姊。

（現在不是思考這些的時候。）

巨大的藍色隕石在背後探出頭來。一副自以為命運的態度。

■

「——小吾！」

我聽見聲音回頭一看，小獅坐在藍船上往這邊揮手。我在宇宙空間中載浮載沉，同時揮手回應她。

「小獅！比賽結果如何？」

「我贏了！不過比賽從現在開始！」

放慢速度的機體靠到我旁邊。我進到藍船內部，上空便發出巨響。藍色隕石從後方接近。沒時間了。

「那顆隕石變快了！」

「全速！前進！」

我們將速度提升到最快，於宇宙中疾駛。一如往常，我們時時刻刻都是這樣。全速前進。死命奔跑。不知道除此以外的做法。

從恐懼手下。

從絕望手下。

從心死手下。

從終焉手下。

——逃跑。轉頭拔腿就逃。可是那對我們來說，等於在跟宇宙正面對峙。那就是賽車手的戰鬥方式。對吧？

「喝啊啊啊啊啊啊啊啊啊啊啊啊！」

我使勁踩下油門。以驚人的速度在星海中不斷奔馳。這裡是超音速的世界。只屬於我和小獅的場所。

（啊啊，真是快樂的人生。）

逃跑。逃跑。逃跑。將聲音遠遠拋在身後。快到只要伸手，連光線都能摸到。

（不過，同時我也知道。）

「逃跑」的缺點。很簡單。沒辦法從比我們快的人手下逃離。再怎麼掙扎都一樣。單純的道理。因為速度這傢伙既老實又殘酷。

「小吾，你看那顆隕石。」

隕石不知何時已經逼近到身後。重力快要把我們吸引過去。

「那不是隕石。」

她咕噥了一句。

「那是巨大的人類。」

「……咦？」

「巨大的人類正在墜落。」

隕石的外層剝落，底下露出人類的眼睛。巨大眼睛黯淡無光，然而熟悉的造型證明了那是人類的器官。可怕的是，那裡面是人類。

（哈哈。太扯了吧。）

起初緩慢移動的那東西，速度不知不覺變得遠比我們還要快，窮追不捨。

（沒救了。逃不掉。）

「小獅。」

混帳東西。再怎麼掙扎都無法改變結果。你以為你是命運還是什麼鬼嗎？

「什麼事？」

「去沒人的地方吧。不會波及任何人的地方。」

她一臉快哭地模樣點點頭。沒錯，妳也明白吧。因為妳遠比我更聰明。

我抱緊她嬌小的身軀。

「……我很努力喔。直到最後。即使只剩下我一個人。即使機器故障。即使少了一隻手。沒有放棄，跑到了最後。」

「我知道。」

不用看也知道。畢竟妳就是那種人。

「因為我想待在你身邊。」

對不起。我又無能為力了。如果我更加快速，如果我更加強大，就能保護妳不會受到所有可怕的事物威脅。

我唯一能做的，只有用傻笑稍微為妳拭去不安。

「笑吧，獅獅。笑一個。」

「……為什麼？」

「因為這是一場超愉快的比賽。是一場超愉快的戀愛。」

感覺得到她的心跳。

「所以，這是一段超愉快的人生。我說得沒錯吧？」

她有點驚訝，然後露出難以形容的溫柔表情點頭。啊啊，什麼嘛。光是看到妳那種表情，我就知道自己誕生的意義。

「啊啊～最後還是沒能仔細看看妳的身體。」

「沒什麼好看的。就只是一塊蛋白質。」

「好想跟妳兩人一起去旅行。例如火星的虛擬京都。」

「呵呵。如果你想冒險，我們不是冒險過很多次了嗎？」

是沒錯。我們一起做過很多事。

「還在地球飛來飛去，尋找機械技師。」

「跟類比機器的黑手黨起爭執，還跟他們抗爭過。」

「而且最棒的冒險就是那個了。」

「哪個？」

「蒙著眼睛一起洗澡！」

「……色狼！」

我們紛紛笑出聲來。啊啊，這樣就好。我們的結局這樣就好。

完美的人生才適合完美的結局。我凝視著她。

「我愛妳。」

只說一次還不夠。真想對她說上數千數萬次。可是，我們似乎沒有那個時間了。

「要是還有來世——」

她依然面帶溫柔的笑容，流下一滴淚水。

「——到時你願意娶我為妻嗎？」

我彷彿看見全宇宙最美麗的事物。

想要永遠記得她的表情。

決定無論如何都要跟她重逢。
就在這時，一**抹金黃掠過眼前**。

「不行。不要放棄美麗且耀眼的勇氣。」

悅耳的美聲傳入耳中。
「……蝸牛騎士？」
身穿銀白甲冑的少女站在前面保護我們。她拿藍花當立足點，手持純白色的大劍。藍色隕石釋放的燐光，被她的頭盔彈了開來。
「大吾先生、獅子乃妹妹，對不起，我來晚了一步。」
「咦？妳怎麼知道我們的名字——」
『——是妳嗎？』
藍色隕石裡面的人類發出怪物般的聲音打斷她說話。
『妳又來了嗎？又要來妨礙我嗎？區區一個英雄的殘渣，竟敢妨礙我嗎？』
（那顆隕石裡面的男人會說話嗎——）
少女背對錯愕的我們，勇敢面對敵人。
（不行。不可能贏得了那麼巨大的怪物。）

鐵盔底下藏著金黃色的頭髮。湛藍的眼睛和勾起自信笑容的小嘴。我好像在哪裡看過她。看過這位美麗的黃金騎士。

「——我是中庸騎士團騎士團長，琳格特．曉．霍恩海姆。藍色終焉啊，我跟你無冤無仇，不過為了我的信仰，我要在此消滅你。」

關在藍色隕石中帶有人類外觀的怪物哈哈大笑。簡直就像聽見了有趣的笑話。

『中庸的防衛機關！黃金蝸牛！多元宇宙的冒險王！妳這傢伙！沒錯，妳這傢伙！打算幹這種無意義的事到什麼時候？妳想守護無限的宇宙嗎？自以為英雄嗎？就憑妳這種貨色？隻身一人？也不看看自己有幾兩重。』

我覺得我認識那位黃金騎士，知道她的名字。我不自覺地呼喚「琳……？」，彷彿在叫喚認識多年的朋友。

面對長舌的宇宙終焉，渺小不堪的少女開口說：

「我不是英雄，不是那麼美好的東西。我僅僅是相信這個宇宙的連續性。深愛這個平凡無奇的日常。宇宙值得連續下去。而我付出的努力將勝過一切。所以，我才會站在這裡。」

少女舉起純白的大劍。無法傷害任何人的鈍劍。那位少女卻要用那把劍戰鬥。我深深意識到這一點。Snail Knight。蝸牛騎士。無法傷害他人的勇氣的戰士。

『勸妳住手。反正妳無法成為任何人。』

少女哀傷地點頭。

『無論是誰，妳都無法拯救。』

少女露出泫然欲泣的表情閉上眼睛。

『沒有意義喔。』

少女——金黃色的信徒祝福著森羅萬象，同時獨自微笑。

「——來，開始決鬥吧。我會好好疼愛你直到厭煩為止。」

深愛世界的嬌小少女向巨大的終焉宣戰。

尾聲　各自的結局

天亮了。陌生的天花板使我嚇了一跳。這樣啊。今天是我搬離中華街後的第一個早晨。在新居迎來的第一個早晨。望向旁邊，兔羽不在。望向時鐘，已經過了九點。八成是去上學了吧。昨晚她似乎緊張得睡不著，我有點擔心。

「……得去見那傢伙。」

我連忙換好衣服衝出家門。目標是我們的故鄉——中華街。這個時間，那傢伙肯定在那裡。必須去見她。必須去問她。可是，要問什麼？

「——琳！」

我在人潮中看見金黃色頭髮的少女。她還是老樣子，穿著可疑的旗袍。

「大吾？有什麼事嗎？」

「妳……妳……琳……妳……」

我不知道該說些什麼，支吾其詞。琳格特・曉・霍恩海姆。我的朋友。從我開始在中華街當公寓管理員時就認識，能夠推心置腹的重要朋友之一。

「哈哈哈，怎麼啦？一臉看到幽靈的樣子。」

搞不懂。該做什麼才好？該如何解釋才好？我毫無頭緒，決定順從本能——懷著瘋狂至極的願望。

「……大吾？你到底怎……哇喔♡」

我抱緊她的身體。

「……謝謝妳，琳……真的真的謝謝妳。」

「你、你在幹嘛啦，大吾。好痛——！討厭——！怎麼一早就發酒瘋——！」

纖細的身軀。絕對不可能拿得動大劍的纖瘦肉體。儘管如此——

「——妳聽過中庸騎士團嗎？」

聽見我的問題，她愣了一下，立刻露出感傷的笑容。

「這樣啊。你連我都想起來了。」

「妳……妳……難道一開始就——」

琳淘氣地吐出舌頭笑了笑，晃著金黃色的頭髮用雙手夾住我的臉頰。力氣好大。有如身經百戰的騎士。

「——啾♡」

「嗚咕！」

「啾♡啾♡啾——♡咕啾——♡」

「嗚咕！嗚咕！」

她強行吻住我的唇。我不僅沒空逃跑，單比力氣也比不過她。她像隻吸母貓奶的小貓，盡情吸吮我的嘴唇（在中華街的人潮中！）咧嘴一笑。

「你的吻技好爛喔。」

「笨蛋……妳在幹嘛啊！」

她瞇起眼睛凝視我，撫摸自己的嘴唇。

「──要是你敢追究我的底細，我就要告訴大家我們親嘴了☆」

至少我確定一件事。

這位傻到不行、來歷不明的少女──

──是個不容大意，令人生畏的英雄。

■

我──千子兔羽正在煩惱。

「唔嗯嗯嗯嗯。」

因為昨晚大吾突然說「獅子乃妹妹可能昏倒了」，中斷約會跑回家，結果如他所料。我

陪在昏倒的獅獅旁邊照顧她——到這邊為止還沒問題——然後假裝要出去買東西，躲起來偷看，結果不小心看見了獅獅的那個表情。

（注視大吾時的少女表情。）

我大為震驚。因為一眼就看得出來。獅獅愛著大吾。不是「喜歡」那麼膚淺的情感。她瘋狂地愛著他，無可自拔。

（……我的意志有那麼堅定嗎？）

我很弱。非常弱。一遇到害怕的事就會逃避。從未有過不惜跟別人吵架，也要爭取什麼的經驗。沒有像她那樣投身於決定的勇氣。

「——姊姊。」

純白頭髮的少女站在JR石川町站的閘門外面。她肯定在等我吧。從昨晚開始我就在躲她，所以有點尷尬。

「獅獅。」

「昨天晚上對不起，姊姊。」

「……妳在為什麼道歉？」

她稍微想了一下，然後咕噥：

「妳說得對，我在為什麼道歉呢？受害者何必跟因為想揍人就出拳打妹妹的人道歉。」

「妳怎麼這麼冷靜啊——」

我的妹妹也太酷了吧。被姊姊發現自己喜歡姊夫，表情還能冷靜如冰。

「妳真的好強……獅獅。」

「……強？」

「換成是我，會嚇得逃跑，再也不敢出現在妳面前。」

她輕笑出聲。

「騙人。其實……妳才是最強的。」

「咦？」

「為了真正愛著的人，妳真的什麼都做得到。妳是有勇氣面對恐懼的人。和我不同。」

「有什麼不同？」

「我並不勇敢。我只是為了逃避巨大的恐懼，選擇面對微小的恐懼罷了。」

這不就叫做合理的判斷嗎？她是任何時刻都能摒除私情，站在理性的角度冷靜作出選擇的人。

冷靜且理性地愛上了大吾。對吧？

「姊姊，對不起，我……」

「嗯。」

我以為她會說「我再也不會這麼做」、「我一時鬼迷心竅」之類的？大家想想，腳踏兩條船的連續劇裡，不是很常出現這句臺詞嗎？她卻用冰冷的聲音接著說：

「——我不會放棄。」

「……咦？」

「妳也察覺到了吧？大吾先生愛著我。即使他也愛著妳，卻沒辦法推開我……因為我們共同累積的回憶太多了。」

這句話合理、理智得令人害怕。

「所以，未來我還是會繼續想辦法搶走他。請多指教嘍，姊姊。」

「指指指、指教什麼！虧妳有辦法直接宣言要搶走姊夫！要是我……不想跟妳住在一起，說要跟妳斷絕姊妹關係怎麼辦？」

「妳會講這種話嗎？」

「……是不會。」

因為我愛著這孩子。即使她是企圖搶走我丈夫的偷腥貓，依然無可救藥地愛著她。啊啊，這是多麼複雜的人生啊！

「那、那麼我要去跟大吾說妳想搶走他，叫他小心點！」

「……呵呵。妳覺得他會相信嗎？」

「絕、絕對不會！」

因為大吾是笨蛋。沒辦法懷疑別人。如果獅獅裝作沒有這回事，他絕對會幫她辯解。應該還會反過來責備莫名其妙戒備起妹妹的我。

「所以姊姊，我有個簡單明瞭的建議。」

她晃著純白的頭髮凝視我。宛如向人宣戰的戰士。

「——要不要繼續那場比賽？」

她笑了笑。國中部的深藍色制服隨風搖曳。

「那場比賽最後變成了肉搏戰。妳因為時間不足的關係，沒能抵達他身邊。所以，這次堂堂正正一決勝負吧。」

「……妳在……說什麼？」

妳不用知道——她說。我倒覺得我必須知道。

「從這裡到我們家……不，這樣拖太久了。到他身邊。我們來比賽誰先跑到他身邊吧。先親到他的人獲勝。」

「……要是我輸了？」

「我會果斷放棄。」

「……要是我贏了？」

「說得也是，該怎麼辦呢？生個小寶寶？」

她講得太順口，害我嚇得往後跳。她一副理所當然的態度接著說明。眼神跟分析戰局的軍師一樣。

「贏了就嫁給他——也不是不行，可是妳已經是他的妻子了。」

「我、我贏的好處會不會太少了？」

「哎呀，會嗎？」

獅獅一瞬間露出肉食野獸般的眼神。

「——反正已經被發現了嘛。之後我會光明正大地搶走大吾先生。」

「唔！」

「靠賽跑分出勝負，對我們來說都比較輕鬆吧？」

那個理性且如同冰山的獅獅，聰明狡猾的演技派肉食少女，要認真搶走我的丈夫？我、我防得了她嗎？的確，比賽跑步我搞不好還比較有勝算。也就是要選擇打防衛戰，或者跟她單挑嘍？

「……很好。」

大吾肯定愛著獅獅。

獅獅也肯定愛著大吾。

他們共同走過漫長的時間，事到如今無法放棄的巨大愛情。

（不過，我也——）

沒打算放棄這段戀情——即使是渺小的愛。

「我相信愛情。」

就算對手是擁有利牙的獅子，而我是連爪子都沒有的兔子。

「先親到他的人獲勝。」

「我會拿出真本事。」

我擺出蹲踞式起跑的姿勢低聲倒數。

獅獅喃喃地說。帶著彷彿在跟神明祈求長壽的表情。

「來一場最愉快的比賽吧。」

——我們在同一時刻飛奔而出。

後記

能不能接到Yostar的工作呢？

大家好，我是劇本家逢緣奇演。我以「成為一個優秀的人」作為人生目標，不知不覺過了十年。我的品德素質始終沒有提升。

——我喜歡聖誕節。

因為那是最快樂的日子，愛與奇蹟的日子！說著希望大家都能開開心心、盡情喧鬧的日子，熱鬧又好玩。

或許是因為這樣吧，思考作品的時間線時，我傾向設定成從聖誕節前開始。大多會選在十～十一月。我原本是美少女遊戲的劇本家，以那個時間為起點的話，差不多會在十二月後半交往或告白。

我是徹頭徹尾的性愛娃娃控，所以每年聖誕節都會跟家裡的娃娃兩人一起烤雞、吃蛋糕，然後看聖誕電影。我真的超愛聖誕電影。結局通常可以靠「這是聖誕節的奇蹟！」解決所有問題，真是太棒了。

看完聖誕節電影邊哭邊說「這就是愛與奇蹟……」，讓娃娃撫慰我，這就是我每年的聖誕節。七年來都是這樣。

不過還真是驚悚的人生慘敗組生活。大家知道嗎？人類是社會性動物，生物歸根究柢就是遺傳基因的方舟喔。活該啦——開玩笑的。

就是這樣，謝謝大家也閱讀了第二集，下集再見吧！

國家圖書館出版品預行編目資料

命定之人是妻子的妹妹。/逢縁奇演作 ; Runoka譯.
-- 初版. -- 臺北市 : 臺灣角川股份有限公司,
2024.04-
冊 ; 公分. -- (Kadokawa fantastic novels)

譯自 : 運命の人は、嫁の妹でした。
ISBN 978-626-378-771-1(第2冊 : 平裝)

861.57 113001904

Kadokawa
Fantastic
Novels

命定之人是妻子的妹妹。2

（原著名：運命の人は、嫁の妹でした。2）

2024年4月24日　初版第1刷發行

作　者：逢緣奇演
插　畫：ちひろ綺華
譯　者：Runoka

發 行 人：台灣角川股份有限公司
總　　監：呂慧君
總 編 輯：蔡佩芬
主　　編：林秀儒
編　　輯：彭曉凡
設計指導：陳晞叡
美術設計：周欣妮
印　　務：李明修（主任）、張加恩（主任）、張凱棋

發 行 所：台灣角川股份有限公司
地　　址：104台北市中山區松江路223號3樓
電　　話：（02）2515-3000
傳　　真：（02）2515-0033
網　　址：www.kadokawa.com.tw
劃撥帳戶：台灣角川股份有限公司
劃撥帳號：19487412
法律顧問：有澤法律事務所
製　　版：巨茂科技印刷有限公司
ＩＳＢＮ：978-626-378-771-1